26

SATIRES RÉPUBLICAINES.

3me. SATIRE.

L'ALLEMAGNE

ET

L'ITALIE.

LE PRIX DE CHAQUE LIVRAISON EST DE 50 CENTIMES.

On peut se procurer les livraisons parues au prix de 50 centimes l'exemplaire.

La publication date du 10 Janvier.

ON S'ABONNE A AMIENS,

A l'Imprimerie, rue des Trois-Cailloux, n°. 44.

Becquerelle

Y +

SATIRES RÉPUBLICAINES.

2me. SATIRE.

ODILON-BARROT.

Enfin, tu l'as conquis après dix-huit années
Le droit de présider nos grandes destinées,
De faire sur les tiens, en style officiel,
Descendre tes faveurs, cette manne du ciel,
D'envoyer dans le Var, dans l'Aisne ou dans la Somme
Tes maigres substituts dont l'éloquence assomme ;
Tantale du pouvoir, enfin tu l'as connu
Cette coupe magique où tant d'autres ont bu.
Bien mieux qu'en février de fatale mémoire
Pour tous ces mirmidons que chassa la victoire,
Tu commandes ; ton *Prince* au fauteuil arrivé
Partages avec toi le pouvoir tant rêvé.
Jusque là tout est bien ; mais, à peine remise
De ses illusions, de sa longue méprise,
La France se demande avec anxiété
Si son vote n'a pas blessé la liberté.
Apôtre somnolent du vieux libéralisme,
Le peuple crut long-temps en ton patriotisme ;
Ton faux zèle pourrait de nouveau l'égarer,
Ton passé dévoilé pourra seul l'éclairer.

1849

(C.)

Y+

Ton passé !... si ma muse ardente, populaire,
Pouvait un seul moment oublier sa colère,
Devant tes lâchetés dont se riaient les rois
Elle n'oublierait plus son courage et ses droits.
Car, dans ces jours mauvais d'audace et de mensonge
Où le peuple leurré retombe en son vieux songe,
Quand ton bras, impuissant s'apprête à gouverner
Ce peuple que Guizot n'a pas su dominer,
Dédaignant justement ta piteuse arrogance,
Je dois rompre sans crainte un injuste silence,
Dérouler ton histoire, et dire au Peuple-Roi :
« Son passé, le voici ! Qu'il soit jugé par toi ! »

Quand tombé du sommet de sa toute puissance,
Napoléon vaincu quitta sa belle France,
Quand l'astre impérial eut disparu des cieux,
Quel fut ton rôle alors, tribun audacieux ?
Sans doute, tu gémis de la chûte profonde
De ce guerrier géant qui portait tout un monde ;
Sans doute tu maudis ces barbares du Nord
Qui rapportaient chez nous l'esclavage et la mort ?
Quand leurs brutales mains décapitaient la gloire,
Brisaient, au Carrousel, le char de la victoire,
Sans doute tu criais : « honte aux voleurs armés !
« Anathème aux brigands par le sang animés ! »
Non, lâche admirateur des conquêtes maudites
Qui livraient nos cités aux sales Moscovites,
Tu chantais les vertus, tu bénissais le sort
Des fils de St.-Louis et de Robert-le-Fort ;
Tu parais des trois lys ta large boutonnière,
Des bouillants fédérés tu suivais la bannière,

Et, comme eux, satisfaits du régime nouveau,
Tu portais ton hommage aux maîtres du château.
Tu n'avais pas assez de ta jeune éloquence
Pour chanter les destins, le bonheur de la France,
Les exploits de Blucher et du grand Wellington :
Flagorner l'étranger c'était alors bon ton.
Mais quand les rois vainqueurs, saturés de carnage,
Gorgés de nos trésors, nous léguant l'esclavage,
Laissèrent le champ libre aux vautours déchirants,
Quand Marquis et Barons régnèrent en tyrans,
Quand du lourd milliard les nobles et les prêtres
A ton grand désespoir, furent souverains maîtres,
De mépris et d'affronts abreuvé largement
Tu maudis ton erreur et ton sot dévouement ;
Du peuple dédaigné dans ses jours de misère
Tu prisas les faveurs, tu te fis populaire,
Et, lors qu'après trois jours de glorieux combats,
Paris des vieux Bourbons eut chassé les soldats,
Le peuple généreux aux jours de la victoire
De tes services seuls conserva la mémoire.

Mais, tel qu'un conquérant de sa gloire enivré,
Se croyant d'un rival à jamais délivré,
D'un criminel repos savoure les délices,
Tu te croisas les bras, tu vendis tes services :
Paris dormit trois jours sous ton édilité.
Fallait-il à ce prix vendre ta liberté ?
Oublier que les rois, prodigues de promesses,
Aux avides flatteurs réservent leurs largesses,
Et que le prolétaire, obscur et maltraité,
A le droit de mourir dans son bouge empesté ?

Vois ! que nous ont servi ces tournois d'éloquence
Où , discoureur courtois, tu brisais une lance
Avec Thiers et Perrier , Guizot et Duchâtel,
Ces défenseurs gagés du trône et de l'autel?
Un seul de tes discours, pathétique ou sévère ,
A-t-il du pauvre peuple amoindri la misère?
Fait monter la rougeur au front de ces valets
Parasites des rois cloîtrés dans leurs palais?
En vain pour les banquets désertant la tribune,
Réchauffant le levain d'une haine commune,
Dans nos départements soulevés à ta voix
Tu prêchas la réforme et le respect des lois.
Pour clore dignement ta marche triomphale,
Il fallait dans Paris, la grande capitale ,
Jouer jusqu'à la fin ton role de Gracchus
Ou mourir entouré de tes frères vaincus.
Mais il ne fallait pas, faible au moment suprême ,
Mendier pour les vaincus un sanglant diadème ,
Disputer au vainqueur sa part de royauté
Et jusqu'au dernier jour gueuser la liberté.

Février, je le sais à trompé ton attente ;
Achille maladroit, reste donc sous la tente !
Garde-toi d'agacer de tes cris maladroits
Un peuple conquérant qui veut garder ses droits.
De tout pouvoir nouveau ridicule Cassandre ,
Bien loin de t'élever, tu n'as plus qu'à descendre.
La République est grande : ah ! pour l'anéantir ,
En vain tes soutenéurs sont payés pour mentir.
En vain dans nos hameaux tes plates circulaires,
Prolongeant à dessein les luttes populaires,

Du villageois crédule ont troublé la raison.
Possesseur de son champs, maître dans sa maison,
Il bénira, malgré tes conseils de jésuite,
Ceux qui l'ont délivré d'un monarque hyppocrite.
En vain pour écarter tes terribles rivaux
Qui proclament des droits et des devoirs nouveaux,
Du haut de la tribune où déjà tu chancelles
Tu viendras débiter tes leçons criminelles,
Au peuple souverain sottement opposer
Un pouvoir limité qui ne doit rien oser,
Le peuple se rira de ta longue impuissance,
Et, comme l'Océan qui gronde et qui s'avance,
Submergera des flots de sa grande fureur
Ton dernier portefeuille et ta dernière erreur.

LE VICOMTE DE FALLOUX.

Salut au gentilhomme ! au jeune et beau Falloux !
Déjà de ses hauts faits les journaux sont jaloux :
Ses *pareils à deux fois ne se font pas connaître.*
Bien mieux que Salvandy, ce copiste réthéur,
Du volcan politique un beau jour, inventeur,
  Il porte l'habit de Grand-Maître.

S'il n'a point de Carnot le noble dévouement,
Il excelle à broder les scènes d'un roman :
Interrogez plutôt les pages de *la Mode.*
Vaulabelle a décrit d'un style vigoureux
Des Bourbons restaurés les errements affreux,
  Lui, du bon ton fera le code.

En attendant, modèle accompli de vertus,
Il chasse du Saint-Lieu les modernes Brutus
Qui vont pervertissant nos écoles publiques,
Et, pour mieux relever la bannière des lys,
Du mystique *Tharin*, du doux d'*Hermopolis*
Il fera refleurir les leçons jésuitiques.

Vraiment, les noms sont purs et dignes du début ;
Bénissons de Falloux qui marche droit au but
      Sans restrictions et sans crainte !
Riancey, Dupanloup, ces benoits rédacteurs,
Fanatiques soutiens de tous les réacteurs,
A son commandement feront la guerre sainte.

Sibour, de tout progrès adversaire brutal,
Que Rhodez envoya comme un présent fatal
      A la République crédule,
Roux qui de l'*Univers* forme les sacristains
A défendre les droits des noirs ignorantins,
      Nous donneront de la férule.

Le bon *Montalembert* qui s'obstine toujours
A rêver le rappel des rodins de nos jours,
      Pour nous régenter se présente :
Pour sauver les enfants de ce siècle de fer,
N'a-t-il pas un frein sûr, la crainte de l'enfer,
De ses livres dévots la lecture innocente ?

Puis, *Laurentie* et *Thiers*, ennemis acharnés
A marcher de concert par *Falloux* condamnés,

S'étonneront d'abord de briguer même gloire ;
Pour tuer la liberté cessant d'être rivaux,
La chaste royaliste et l'homme de Grandvaux
Se donneront la main comme larrons en foire.

La barrière est ouverte : allez, preux combattants,
Doctrinaires retors qui comptez sur le temps
      Pour river notre lourde chaîne !
Royalistes béats qui n'avez rien appris,
Libéraux qui voulez l'esclavage à tout prix
      Pour le peuple instruit qui vous gêne !

Prêchez que la vertu s'achète au poids de l'or,
Que la peur de l'enfer rend le peuple plus fort
      Devant sa pénible indigence,
Que dans l'isolement il doit se contenir,
Et que les rois sont faits pour régner, et punir
De valets révoltés l'éternelle démence !

Epaississez encore le bienheureux bandeau
Qui dérobe à ses yeux le criminel fardeau
      Qui lui cachent vos impostures !
Fouettez, fouettez l'esclave en vos jeux inhumains
Jusqu'à ce qu'il regimbe, et roidisse les mains
Pour aller jusqu'à vous et venger ses injures !

Mais, toujours généreux, il saura mépriser
Ceux que dans sa colère il pourrait écraser
      Aux jours heureux de la victoire ;
Puis, il vous renverra composer vos traités,

Eriger le mensonge en sages vérités
    Pour les sots qui voudront y croire.

Pour vous indemniser de vos honneurs perdus
Au soleil populaire en un instant fondus,
    Pour guérir vos larges blessures,
Vous aurez de Falloux l'estime et les regrets,
L'impérissable espoir d'enrayer le progrès
    Et de sauver vos sinécures.

            E. BECQUERELLE.

10 Janvier, 1849.

Amiens, Typographie d'Alfred CARON.

SATIRES RÉPUBLICAINES.

5me. SATIRE.

L'ALLEMAGNE ET L'ITALIE.

O terre de héros, ô blonde Germanie,
Mère des grands penseurs à l'immortel génie,
Toi qui vis tour-à-tour sous ton ciel nuageux
Passer les empereurs, farouches, ombrageux,
Les rois toujours rivaux, les barons, les margraves,
Fiers de leurs vieux manoirs, de leurs troupeaux d'esclaves,
Qui frémis si souvent sous le galop brutal
Des barbares du Nord fuyant le sol natal
Et s'abbattant au sein de ces plaines fécondes
Que de tes fleuves saints fertilisent les ondes,
Toi qui vis s'agiter dans son cercle éternel,
Luther, soldat armé du sarcasme cruel,
Toi qui vis s'écrouler sous sa parole ardente
L'église jusqu'alors superbe et triomphante,
Dis-nous, sol généreux si souvent humecté
Du sang de tes enfants morts pour la liberté,

1849

Sol , témoin des combats , des luttes mémorables
Que soutenaient entr'eux les tyrans formidables ,
Frédéric Barberousse aux vieux temps féodaux,
Frédéric philosophe insultant les badauds,
Napoléon bravant , appuyé sur ses armes ,
Les cris de liberté mêlés aux cris d'alarmes,
Vis-tu jamais des jours plus féconds en héros ,
Plus féconds en martyrs, en stupides bourreaux ,
Plus gros d'évènements , de sublimes tempêtes ,
Que ces jours orageux qui passent sur nos têtes ?
La foudre, en grandissant , étend partout ses bruits ,
L'idée, en mûrissant va porter tous ses fruits ;
Plus forte que le bras , plus prompte que le glaive ,
Tout armée , elle sort de la tête qui rêve ,
Et, dégagée enfin des nuages pesants
Où la vérité dort inaccessible aux sens ,
Soleil majestueux de toute intelligence ,
Verse sur nous à flots sa magique influence.

Tes enfants ont suivi le sentier lumineux
Que l'idée , en naissant , a tracé devant eux ;
En vain tes vieux tyrans qu'abandonne la vie
Exciteront contre eux leur soldatesque impie ;
Envain , pour déjouer leurs généreux desseins ,
Aux portes des cités plaçant des assassins,
Ils renouvelleront dans leur audace extrême
Les massacres sanglants d'Autriche et de Bohême,
Ces mystères affreux qu'ils ont couverts de fleurs
Pour mieux cacher ensemble et leur joie , et tes pleurs.
De Vienne et de Berlin les lâches représailles
Sont des rois expirants les dernières batailles.

Qu'ils viennent relever leur septre ensanglanté,
Comme un défi superbe à leurs peuples jeté !
Qu'ils viennent replâtrer avec leurs mains branlantes
L'édifice troué des royautés croulantes !
Qu'ils fassent scintiller aux yeux des nations
Le prisme éblouissant des Constitutions !
Tu sais bien mieux que nous, ô nation Germaine,
Ce que pèsent des rois et l'amour et la haine !
Contre la tyrannie à jamais conjurés,
Tes enfants marcheront sombres, désespérés,
Abattant sans pitié, sans remords et sans crainte,
Les traitres opposé à leur volonté sainte.

Que Munich la savante entoure encor son roi
De cet amour craintif qui se change en effroi,
Le peuple fatigué des amours impudiques,
Des bravades sans fin, des ruses jésuitiques
Du vieux Sardonapale à sa haine jeté,
Renversera le roi qu'il avait respecté.

Que Berlin laisse encore au mystique Guillaume,
Vieillard anticipé qui n'a plus rien de l'homme,
Le misérable droit de braver sans répit
Les peuples enchaînés à son trône maudit,
De payer de bassesse ou bien d'effronterie,
Dans ses représentants d'insulter la patrie,
Et de mieux étouffer dans ses embrassements
L'exilé qui se fie à ses royaux serments,
Berlin, se réveillant à ces heures suprêmes
Où les peuples lassés se retrouvent eux-mêmes,

Puisant dans sa défaite un courage nouveau,
Berlin relèvera son magique flambeau,
Des pouvoirs abattus balaiera les ruines,
Tendra sa main fidèle aux nations voisines,
Et du vieil esclavage imposé par les rois
Affranchira la Prusse, en proclamant ses droits.

Que Vienne la martyre, encor toute fumante
Du sang pur qu'a versé la liberté mourante,
Vienne qui se souvient des combats odieux
Que Metternich livra pour ses sanglants adieux,
Vienne qui se souvient de ses sœurs libérales,
Pesth, Presbourg et Prague, expirant sous les balles,
Que Vienne, abandonnée au joug des généraux,
Jellachich, Windisgraetz, ses sauvages bourreaux,
Retarde de venger, le désespoir dans l'âme,
De ses milliers d'enfants l'assassinat infâme,
Vienne, interdite un jour, Vienne n'oubliera pas
De ses frères Hongrois le sublime trépas,
La Gallicie entière au carnage livrée,
La race de Hapsbourg de son sang enivrée....
Que Ferdinand dédaigne, aussi fou qu'impuissant,
Le sceptre qu'il noya dans dans un fleuve de sang ;
Au front d'un faible enfant, lorsque Dieu l'abandonne,
Qu'il pose, avant de fuir, sa pesante couronne,
Vienne n'oubliera pas que les jours sont comptés
Des régimes divins, des vieilles royautés.

Je te le disais bien, ô blonde Germanie,
Que les temps sont venus où ton vaste génie,
Sur le monde endormi secouant son flambeau,
Réveillera les morts couchés dans le tombeau.

Tes frères, repoussant le mensonge et le doute,
Te suivront à pas sûrs dans ta nouvelle route,
Et, mieux que tes Césars, vieillards avant leurs jours,
Tu guideras le monde, en l'éclairant toujours.

Italie, Italie, ô terre des miracles,
Dont les sombres forêts rendaient de saints oracles,
Où vécut l'esclavage avec la liberté,
La République après l'indigne Royauté,
Séjour délicieux de la douce harmonie
Qu'apportèrent les vents de la molle Ionie,
Berceau des vieux tyrans, des Césars, des Brutus,
Témoins de noirs forfaits et de grandes vertus,
Dont les monts couronnés de verdure et de glace
Ont retenu les vers de Virgile et d'Horace,
Que Lucrèce instruisit en vers harmonieux,
Reflets décolorés de la langue des Dieux,
Toi, qui vis tes cités et tes amphithéâtres
Rougis du sang chrétien qu'aimaient les idolâtres,
Qui fis régner plus tard—ô glorieux destin!—
Sur l'aigle des Césars la croix de Constantin,
Salut ! car tes destins seront toujours sublimes,
Car toujours tes vertus surpasseront tes crimes,
Car le Christ est ton maître ; et ce n'est pas en vain
Qu'il assujetit Rome à son culte divin.
Le sang des saints martyrs jetés aux gémonies
Des mystères payens lava les infamies :
Pierre fit oublier *Eleusis* et *Vénus.*

Quand de l'oppression les temps furent venus,

Dans ses lubriques jeux quand Rome la chrétienne
Egala les forfaits de Rome la payenne,
Des lâches Borgia quand le pouvoir maudit
Comme un fleuve de sang sur ton sol s'étendit,
Des riches Médicis quand la soif mercantile
Absorba ta puissance et la rendit stérile,
Quand, au premier signal, les empereurs germains
Pour étouffer tes cris étendirent les mains,
Quand Bonaparte, armé de sa trompeuse gloire,
Soumit tes libertés au joug de la victoire,
Impuissante à venger chacun de ces affronts,
Tu laissas tes enfants courber leur nobles fronts.
Mais la foi qui soutient, dans ton cœur était vive ;
Bien loin de sommeiller, tu veillais attentive ;
Tu recueillais ces bruits sombres et menaçants
Qui descendent du ciel pour leçons aux puissants.
Philosophes chrétiens que l'Europe t'envie,
Tes poètes semaient la parole de vie,
Et par leurs chants divins tes fils régénérés
Combattaient et mouraient, noblement inspirés.
O comble du bonheur ! ô faveur magnanime !
Du Vatican sortit la sentence sublime
Qui proclamait tes droits, faisait tomber tes fers,
Et le Christ de nouveau triomphait des enfers.

Qu'indigne successeur de l'intrépide Pierre,
Ton pontife, au début, s'arrête en sa carrière ;
Qu'il accorde, oubliant ses généreux essais,
Aux perfides conseils un dangereux accès ;
Qu'il donne, sans rougir, au Bourbon sanguinaire,
De *pieux* et de *bon* le surnom téméraire ;

Que ton roi de Sardaigne, ancien carbonaro,
Qui suivit d'Angoulême au fort Trocadero,
Pour faire pardonner son ardeur libérale
Laisse la liberté pousser son dernier râle,
De son lâche repos ses soldats furieux
Implorer vainement un trépas glorieux;
Qu'il laisse le Croate, au sortir de l'orgie,
Te salir de sa main de flots de sang rougie;
Qu'il condamne Venise, aux instincts généreux,
A combattre sans fin le despotisme affreux;
Qu'il condamne Milan qui rugit sous sa chaîne,
A subir les destins de Parme et de Modène,
Des lâchetés des rois, de leurs oppressions
Tu n'es pas responsable aux yeux des nations.
Non, tu ne seras pas, courageuse Italie,
Devant ces trahisons abattue, avilie;
Tu sais que de Jésus le règne retardé
Aux peuples tôt ou tard doit être concédé,
Que Dieu trompe du fort les vaines espérances,
Qu'il console le faible en ses longues souffrances,
Et qu'il tient sous sa main, de tes droits ravisseurs,
Les prêtres et les rois devenus oppresseurs.

Frères, qui gémissez sous un dur esclavage,
Nobles Vénitiens, Toscans au doux langage,
Romains, qui demandiez, mains jointes, à genoux,
Ce qu'a dû conquérir votre juste courroux,
Héroïques Lombards, qui voyez dans vos plaines
S'engraisser à loisir les légions germaines,
Napolitains courbés sous le sceptre infamant
De ce roi mitrailleur qui promet et qui ment,

Vous tous qui demandez les droits sacrés de l'homme,
Poussez un même cri des Alpes jusqu'à Rome !
Réunis dans vos vœux ainsi qu'en vos efforts,
Vous marcherez au but et plus prompts et plus forts.
Imitez vos tyrans dans leur ruse perfide :
Que la sainte union soit votre unique égide !
Soyez frères enfin ! et la fraternité
Vous donnera la force avec la liberté.

E. BECQUERELLE.

25 *Janvier*, 1849.

ERRATUM.

SATIRE 2ᵐᵉ.—ODILON-BARROT.

Page 1ʳᵉ. douxième vers, *lisez :*
Partage avec toi seul le pouvoir tant revé.

Page 7 deuxième vers, *lisez :*
Pour nous tromper encor cessant d'être rivaux,

Amiens, Typographie d'Alfred CARON.

SATIRES RÉPUBLICAINES.

4e. SATIRE.

A BARTHÉLEMY.

> . . . ab integro seclorum nascitur ordo.
> *Virgile*, *Eglog. 4. V. 5.*
> Et des siècles l'ordre se renouvelle.

Poëte, quelle est donc ma criminelle audace
De vouloir après toi m'élancer dans l'espace ?
De frapper sans pitié les stupides humains
Du fouet vengeur que l'or fit tomber de tes mains ?
D'oser ressusciter ces hémistiches mâles
Qui charmaient les lecteurs de tes dominicales ? *
Sous le ciel du midi je n'ai point respiré
Ce souffle incandescent qui t'avait inspiré.
Je n'ai pas, pour semer une sainte épouvante,
Ce flambeau qu'agitait ta *Némésis* ardente,
Quand, dans son vol rapide audessus des cités,
Elle faisait siffler ses serpents irrités.
Je n'ai point ce trésor de mordantes paroles
Qui tombaient de ta bouche en chaudes hyperboles,
Ni ces flèches de fer s'enfonçant dans les chairs
Des méchants et des sots à *Némésis* si chers.

* la première *Némésis* paraissait le dimanche.

1849

Envain, la nuit, fixés sur les livres antiques,
Mes yeux ont dévoré ces pages satiriques
Que lisaient, en tremblant, sous leurs lambris dorés
De Brute et de Caton les fils deshonorés;
Je n'ai point, comme toi, de mes longues lectures
Recueilli ces poisons aux mortelles blessures,
Hebdomadairement gorgeant ton ver brutal
Qu'auraient envié Perse et le cru Juvenal.
Mais j'ai, pour exalter ma verve encor naissante,
La haine des méchants que ton silence enchante;
J'aime la liberté, mais pour tous, et je veux
Aux volontés de tous subordonner mes vœux.
Que m'importe Barrot, Falloux ou Malleville?
A produire le bien leur science est stérile.
Le mépris de méchants donne à ma faible voix
Cette fierté qui manque aux défenseurs des rois.

Quand Février brilla sur la cité brumeuse,
Eclairant du vieux roi la retraite honteuse;
Quand à l'hôtel-de-ville où des tribuns bravés
Bondissaient les cœurs purs par l'horreur soulevés,
Des lèvres de l'un d'eux tomba ce cri magique :
« Mort à la royauté! vive la République! »
Quand, à ce noble appel, à ces sublimes cris
Un million de voix répondaient dans Paris,
Les héros des trois jours et de quatre-vingt-treize
A tes accents connus auraient tressailli d'aise,
Et ta voix belle encor d'une sainte impudeur,
Aurait conquis le peuple à ta bouillante ardeur.
J'attendis vainement! ta *Némésis* gorgée,
Sourde naguère aux cris de la France outragée,

Vit la gloire du Peuple, et d'un noble reveil,
Oublia les douceurs dans un lâche sommeil.

Et pourtant c'était l'heure ! il fallait à la France
Des chants de liberté pour payer ton silence ;
Il fallait, pour répondre à tes accusateurs,
De la chûte des rois des chants approbateurs.
Oh ! nous nous souvenons de ces rudes colères
Qui te rongeaient le cœur aux beaux anniversaires !
De tes longs cris d'horreur quand Guizot et d'Argout
Abreuvaient nos martyrs de fiel et de dégout !
Oui, nous nous souvenons que, pendant deux années,
Poéte, tu gémis sur nos lois profanées !
Que ton vers généreux vengea nos trois couleurs
Que souillaient à l'envi des ministres voleurs !
Qu'il prédit aux élus la République sainte
Qu'emprisonnait Guizot dans une faible enceinte,
Et, sans peur, proclama de tout reproche absous
Ces terribles tribuns qui moururent pour nous !

Ton rôle est accompli ; j'ai lu dans ta pensée,
Sous le poids des devoirs ton âme est affaissée.
Toi, que le peuple aimait, tu n'oses proclamer
Que les peuples sont faits pour s'unir et s'aimer ;
Que toute passion, ou cruelle ou cupide
Doit expirer aux pieds de la loi, notre égide,
Et que la bienfaisance, ange venu des cieux,
Doit verser sur nos maux son baume précieux.
Homme de temps passés, tu ne saurais comprendre
Que la gloire est un bien qui ne doit plus se vendre ;
Que l'homme qui prétend au nom de citoyen
Doit servir son pays sans lui demander rien ;

Que l'honneur ne peut être où l'*égalité* cesse ;
Qu'il faut devant la loi qu'un citoyen s'abaisse ;
Que tout bon magistrat, pur de haine et d'amour,
Devant le Peuple-Roi doit fléchir à son tour ;
Qu'en nos grands cités où la misère étale
Du crime purrulent la peinture immorale,
Pour combatre le crime et l'immoralité
Il faut parler au nom de la *fraternité*,
Et que la *charité*, source aux flots purs tarie,
Doit descendre sur tous au nom de la patrie !
Dans le cercle infernal où tu t'es circonscrit
Rien de beau, rien de grand n'arrive à ton esprit.
Sais-tu que la morale, en prodiges féconde,
Doit triompher enfin de l'égoïsme immonde ?
L'immortelle raison du faible préjugé ?
Le mérite inconnu du vice protégé ?
La sainte vérité du mensonge putride ?
Le génie immortel de l'esprit insipide ?
Le bonheur du plaisir ? la foi du doute affreux ?
L'arbitre intelligent du dogme ténébreux ?

Et qu'importe après tout ta perfide retraite ?
Que ton vers s'intitule impudement *honnête* ?
Qu'après avoir bravé les pouvoirs de l'état,
Il s'aplatisse aux pieds d'un futur potentat ?
Ou répète, oublieux de sa grandeur ancienne,
Sur l'empire défunt son éternelle antienne ?
Le grand martyr des rois, sous le dôme étendu,
A ses vieux compagnons ne sera pas rendu.
Oriflamme des lys, aigles impériales,
Ensemble ont disparu sous les mêmes rafales,

Débris qui vont flottant sur l'océan des jours ;
Seule, l'humanité grandit, grandit toujours.
Elle a ses droits sacrés que la philosophie
Par la voix des penseurs proclame et déifie,
Imprescriptibles droits que Dieu même a tracés,
Par la main des tyrans trop souvent effacés.
Deux mille ans, ces tyrans ont pesé sur le monde,
Sali la liberté de leur contact immonde,
Etouffé tous les cris ; eh ! bien, l'humanité
Vengera l'univers long-temps persécuté.
Deux mille ans, les forfaits qu'enhardit la clémence
Ont fait monter au ciel la voix de l'innocence,
Et blasphémer un Dieu qu'elle devrait bénir ;
Le monde transformé pourra, dans l'avenir,
Des cruelles erreurs, des crimes d'un autre âge,
Absoudre l'Eternel dans son nouveau langage.

O France, quel sera ton immortel honneur
D'avoir conduit le monde au régne du bonheur !
Les peuples enchaînés, vile troupe d'esclaves,
Brisaient encor leurs pieds aux royales entraves,
Que, soulevant déjà ton front noble et puissant,
Ta signalais du doigt le péril incessant.
O France bien aimée ! ô ma patrie ! achève !
Pour toi quatre-vingt-neuf ne sera point un rêve.
Juillet et Février, soleils majestueux,
Sur les peuples voisins ont versé tous leurs feux.
Eclaire ! éclaire encor ! sois le phare propice
De tout peuple égaré, de tout peuple novice !
Le modèle accompli des modernes vertus !
Le grand consolateur des frères abattus !

Comme *Jean Précurseur*, aux nouveaux infidèles
Prêche du divin Christ les règles immortelles,
Et confonds les tyrans et leurs lâches suppôts,
En donnant aux mortels la gloire et le repos !

LE 29 JANVIER.

Citoyens, jetons tous le cri d'indépendance !
Un Barrot ! un Faucher ! insulter à la France !
Des traîtres, nous dicter leurs sales volontés !
Inoculer, à nous, leurs passions coupables !
Et vouloir exercer leur fureurs implacables
      Contre nos libertés !

Avons-nous demandé leurs criminels services ?
Assez la liberté souffrit de leurs sévices,
De leur incertitude au milieu des combats.
Juillet a trop compté sur leur concours timide,
Et *Février* rougit sons leur trompeuse égide
      D'abriter ses soldats.

Nos soldats ! sont-ils faits pour abriter le crime ?
Pour tromper, asservir la France magnanime
Qui de l'Europe entière a châtié les rois ?
Pour tendre leur main franche à d'homicides frères ?
Pour prolonger enfin les publiques misères
      Et confisquer nos droits ?

Vraiment, c'était assez, qu'impudent gentil-homme,
Falloux le sacristain — Pardon ! si je le nomme —
Osât braver, en face un peuple généreux !
Et que, fort de l'appui d'un pouvoir téméraire,
L'apostat Lherminier vint débiter en chaire
      Ses aphorismes creux !

Non ! après cet outrage il fallait un outrage,
Eveiller des partis l'inépuisable rage,
Insulter au pays dans ses représentants,
Comprimer de Paris le sublime civisme,
Et sourire aux projets du lâche royalisme,
    A ses cris insultants !

Plus de faiblesse ! allons ! nous connaissons les traîtres
Qui veulent imposer leurs ridicules maîtres,
Et d'un trône pourri rajuster les lambeaux.
Guerre aux lâches soldats des croisades nouvelles,
Qui veulent abaisser nos couleurs fraternelles
    Devant leurs oripeaux !

Guerre aux chouans ! aux verdets ! aux eunuques mi-
Aux mirmidons gonflés de menaces sinistres, [nistres !]
Insultant le pouvoir qui les a ménagés !
Guerre aux stipendiés de la défunte *Epoque*,
Etalant hardiment leur cynique défroque
    Aux regards outragés !

Nos frères ont pour nous jeté le cri d'alarmes :
Aux femmes, aux vieillards laissons les faibles larmes !
Les tribuns ont parlé ! peuple, souvenons-nous !
Peuple, serrons nos rangs ! car le danger s'avance ;
Déjà l'aigle du Nord bat de l'aile, et s'élance
    Vers nos climats plus doux.

Le cosaque hideux a bondi sous sa tente ;
Il brûle d'assouvir sa rage impatiente
Sur nos riches cités qu'en songe il entrevit,
De ramener en croupe aux rives de la Seine
Ces rejetons royaux qu'un sort fatal entraine,
    Que la France maudit.

Tout est prêt : l'apostat que la force amnistie,
Le dévot que défend la noire sacristie,
Le pamphlétaire impur au poids de l'or vendu,
L'habitant des hameaux qu'entraîne l'ignorance,
Le riche au cœur d'acier, sans foi, sans conscience,
    L'esclave pauvre et nu.

Ou trompeurs ou trompés, pour tuer de leurs haines
L'auguste liberté qui fit tomber nos chaînes,
Ils alimenteront le feu des factions;
Ils combattraient au bruit des royales fanfares,
Ouvriraient nos cités aux légions barbares;
    Si nous le permettions.

Veillons donc au salut de notre République !
Mais, pour anéantir leur rage frénétique,
Peuple, ménage encor ta généreuse ardeur;
Par un calme puissant réponds à l'insolence,
Et laisse tes tyrans mourir dans l'impuissance,
    Ou crever d'impudeur.

                    E. BECQUERELLE.

10 *Février* 1849.

ERRATUM.

A la dernière Satire, page 4, douxième vers, *lisez :*
Pesth, *et* Presbourg et Prague, expirant sous les balles,

Amiens, Typographie d'Alfred CARON.

SATIRES RÉPUBLICAINES.

5e. SATIRE.

BUGEAUD.

La France te connaît... monstrueux assemblage
De lâches cruautés et d'orgueilleux courage,
Tu portes sur le front ce signe redouté
Qu'imprime à ses bourreaux l'auguste Liberté.
Cincinnatus bâtard, dont la caricature
A crayonné cent fois la grotesque figure,
Tu devrais, satisfait des lauriers d'Excideuil,
Cacher ton nom flétri sous un voile de deuil.
Du royalisme mort représentant bravache,
A l'heure du danger, toi, qui ne fus qu'un lâche,
Tu devrais, déposant ton orgueil surhumain,
Te rappeler l'exil dont tu pris le chemin,
Au peuple souverain que ton mépris honore
Epargner désormais tes airs de matamore,
Et, gagnant sans retard le sol périgourdin,
Borner tes longs désirs à soigner ton jardin,
Surtout à conquérir la faveur populaire
Dont le déni sanglant enflamma ta colère,
Lorsqu'un enfant du peuple, élu par nos amis,
Vint s'asseoir au fauteuil où l'erreur t'avait mis. *
Mais non, tu veux toujours et sabrer et pourfendre,

* Aux élections municipales, fruit de la révolution du 24 février, un cordonnier d'Excideuil l'emporta sur M. Bugeaud.

1849

Combattre pour tes dieux dont l'autel est en cendre ;
Myope du pouvoir, Bugeaud, tu ne vois pas
L'abîme dévorant qui s'ouvre sous tes pas ;
Généreuse envers toi, la France magnanime,
En repoussant tes soins, t'épargne un nouveau crime.

Pour gagner ses faveurs, jusqu'ici qu'as-tu fait ?
Ton premier dévoûment fut un lâche forfait.
Fatigué des loisirs de la Piconerie, *
Tu voulus remplacer le loyal *Chausserie.* **
Caroline a besoin d'un geôlier inhumain,
Qui brise son orgueil sous sa puissante main,
Qui dise au monde entier, d'une voix criminelle,
Les plaintes qu'étouffait la douleur maternelle.
Ton rôle s'accomplit : tes chastes bulletins
Vont charmer les loisirs de tes maîtres benins.
Rome antique eût payé d'une triple couronne
Ton zèle à t'acquitter des devoirs de matrone.
Triomphateur modeste en tes premiers succès,
Dans ton cœur généreux l'orgueil n'eut point d'accès.
Que t'avait-il coûté de figurer *Lucine*
Dans le drame honteux que jouait *Caroline* ?
Car ton rôle, après tout, n'était pas le plus laid ;
A maître sans scrupule il faut un plat valet.
D'un monarque félon tu servais la rancune,
Et tu t'abaissais mieux pour servir ta fortune.
Tu partis, appendant aux portes du cachot
La double clef qu'obtint ton dévoûment si chaud ;
Tu revins seconder Perier l'atrabilaire,
Te poser à la Chambre en tribun militaire.
Tu pressentais l'orage, et ton instinct brutal
Te conduisit au but par un chemin fatal.
Un mot sur toi, le sang le plus noble ruisselle.
Homme de Blaye, oh ! oui ta destinée est belle !
Un seul mot, et Dulong qui ne recule pas
Devant ton geste atroce et devant le trépas,

* Résidence de M. Bugeaud dans le Périgord.
** Le gardien de Blaye avant M. Bugeaud : son rôle de geôlier
lui pesait trop, il donna sa démission.

Dulong qui t'a jeté ce cri parti de l'âme,
« Général accoucheur et geôlier d'une femme !»
Dulong succombe, atteint par le plomb d'un Français !

La cour dansa le soir pour fêter ton succès.

Du sang !... toujours du sang sur ta route fatale !
Et que t'a fait Paris, la noble capitale ?
Que t'ont fait ses enfants, ces patriotes purs
Que tes lâches soudards brisent contre les murs ?
Pourquoi donc la mitraille et ses sanglants mystères ?
Les enfants égorgés sur le sein de leurs mères ?
Et ces pâles vieillards tombant assassinés
Par le fer ignorant des soldats entraînés ?
Il fallait à la cour apporter une épée
Dans le sang des martyrs cruellement trempée ;
Il fallait égaler les grands exploits d'*Aymar*
Que nos braves canuts surnommèrent *Omar* ;
Il fallait appeler sur toi toutes les haines.
C'est fait, Bugeaud ; donc, vole aux plages africaines ;
Du sang que tu versas va recueillir le prix :
La royale faveur t'absout de nos mépris.
Va donc tromper l'Emir au grand jeu de la guerre ;
Vante en longs bulletins ta bataille en équerre.
Vainqueur de la Sikack, achève à la Tafna
Ce traité que la France entière condamna ;
Insulte à tes vaincus, outre le ridicule
Jusqu'à vouloir briller par ta force d'Hercule ; ★
Rançonne sans pitié les barbares vaincus,
Poursuis tes razzias d'Arabes et d'écus.
Les boudjous arrachés au malheur comme au crime,
N'ont point enflé ta bourse, ô soudard magnanime !
Nous le savons, tu les jetas à pleines mains
Pour combler tes fossés, aplanir tes chemins.
Ta gloire, qu'attaquait la presse criminelle,
Sortira du débat et plus grande et plus belle,

★ M. Bugeaud se fit une gloire d'enlever Abd-el-Kader de terre à la force du poignet : l'Emir avait eu l'impudence de ne pas se lever le premier devant M. Bugeaud.

Et tu remporteras sur le sol marocain
Le surnom immortel de Bugeaud l'Africain.

O roi, tressaille d'aise ! Allons, sonnez fanfares !
Bugeaud revient vainqueur des légions barbares.
Modernes Polignacs, rêveurs de coups d'état,
L'abaissement du peuple est aux mains d'un soldat.
Cour du grand Carrousel ! Jardin des Tuileries,
Recevez fantassins, cavaliers, batteries.
« Les Français révoltés ne sont que des vauriens :
» Deux balles au fusil ! Mort aux galériens ! » *
Mais ces galériens, Bugeaud, ce sont des frères
Qui prennent en pitié tes stupides colères,
Catilinas benins, bornant leur cruauté
A protéger ta fuite à travers la cité.
Ah ! duc d'Isly, reviens au peuple débonnaire
De ton épée offrir le secours salutaire.
Sois perfide ! sois lâche une seconde fois !
Traître à la royauté, relève son pavois.
Embrasse sans pudeur la jeune République
Afin de l'immoler sur l'autel monarchique,
Et l'étendre, sanglante, au fond de ce charnier
Que lui creusent Barrot, Falloux et Changarnier.

Tu l'oserais en vain : les milices lointaines
Ont oublié, Bugeaud, les chemins des Ardennes ;
Les tyrans effrayés du Couchant et du Nord
Ont compris que chez nous le royalisme est mort.
Si, pourtant tu voulais, lançant ton manifeste,
A notre brave armée inoculer la peste,
Egarer sans pitié les populations,
Réchauffer le levain des lâches factions,
Songe que notre France, un moment affaissée,
De châtier les rois n'est pas encor lassée,
Qu'elle n'a pas fourni sa carrière à grands pas
Pour se laisser juger par ton faible compas ;

* Paroles mémorables que M. Bugeaud prononça deux heures
avant de fuir : le capitaine *Fracasse* n'est jamais plus fanfaron
que lorsqu'il est bien décidé à ne pas braver le danger.

Qu'elle a su, malgré toi, s'affranchir sans vengeance,
D'un pouvoir sans pudeur et sans intelligence,
Et que ton glaive nu, bienfaisant assassin,
Pour mieux guérir ses maux, déchirerait son sein.
Nouveau Martel, armé de ta lourde massue,
Viens à travers nos champs te frayer une issue,
Et noyer dans le sang ces démocrates purs
Qui des grandes cités empoisonnent les murs.
Pour combattre, écraser tes bataillons infâmes,
Tu trouveras des cœurs sous les robes de femmes;
Paris, qui te connaît, et son frère immortel,
Lyon, te poursuivraient dans un sanglant cartel.
Laisse de Ferdinand les ignobles sicaires
Se couronner le front de lauriers sanguinaires.
Radetzki de la France, écoute nos leçons :
Car le jour est venu des sublimes frissons.
Toi, qui ne fus jamais qu'un homme impopulaire
Que le peuple chassa dans sa juste colère,
Redoute que ce peuple, un moment endormi,
Regrette de n'avoir combattu qu'à demi.

L'ACADÉMIE.

Je me disais souvent, le cœur gonflé, l'œil terne :
« Comme les rois traqués de l'Europe moderne,
» Nos modernes savants ont perdu tout crédit.
» Telle qu'un tronc pourri que la tempête emporte,
» Blessée au fond du cœur, l'Académie est morte;
    » Pour elle tout est dit. »

Quand du peuple soudain la plainte solennelle
Dissipa tout-à-coup mon erreur naturelle,
Comme un songe se fond aux feux de l'Orient :
« Châteaubriand est mort, ce poète sublime
» Dont la gloire vola de Lutèce à Solime.
    » Gloire à Chateaubriand. »

Troublée à ces accents, la vieille entremetteuse
Cessa pour un moment de faire la dormeuse ;
La gloire du défunt sur sa couche avait lui :
Alexandre avait dit : « Au plus digne l'empire ! »
Sur son fauteuil désert elle feignit d'écrire...
    « Au plus digne après lui. »

Allons, comparaissez devant l'aréopage,
Nobles représentants des gloires de notre âge,
Philosophes chrétiens, bardes aux chants aimés
Romanciers qui sondez les publiques misères
Pour guérir à la fois et consoler nos frères
    Oppresseurs, opprimés.

Lamennais ! philosophe au langage sublime,
Qui juras dans ton cœur haine éternelle au crime,
Mais amour éternel au peuple délaissé...
Tu fondes des journaux, tu te fais politique,
Tu ne peux aspirer au trône académique ;
    Va ! tu t'es trop pressé.

Chantre immortel des jeux, des amours, de la gloire,
Béranger, ton grand nom au temple de mémoire
Brille depuis longtemps !... Envain le Peuple-Roi,
Poète, t'a choisi pour illustre interprète,
L'académie a bien d'autres choses en tête
    Que de penser à toi.

Musset, poète plein d'*humour* et de caprice,
Qui flagelles si bien l'ignorance et le vice,
Dont le vers acéré se cloue au front des sots,
Les sots se vengeront.... et pour ta récompense,
La vieille académie avec irrévérence
    Te tournera le dos.

Que t'ont servi, Balzac, à défaut de civisme,
Tes longs romans empreints du plus chaud royalisme,
Ton amour pour le czar, cet assassin puissant,

Pourvoyeur d'échafauds (1), hyène impériale
Déchirant sans pitié le polonais qui râle
    Sans son regard de sang?

Illustres écrivains, vos gloires? fétichisme,
Que le Peuple s'obstine, en son ignorantisme,
A trouver admirable, à vouloir vénérer!
Vos noms, resplendissant d'une clarté magique,
— Si nous ~~nous~~ interrogeons la gent académique —
    Brillent pour égarer.

Mais, vous méprisez tous ces stupides batailles
Qui font au grand défunt succéder un *Noailles*,
L'ombre au jour glorieux, et *Saint-Priest* à *Vatout*.
Le génie est puissant, la gloire patiente;
Ils versent leurs bienfaits sur la foule ignorante
    Et toujours, et partout.

J'ai dit avec raison, le cœur gonflé, l'œil terne,
« Comme les rois traqués de l'Europe moderne,
« Nos modernes savants ont perdu tout crédit.
« Telle qu'un tronc pourri que la tempête emporte,
« Blessée au fond du cœur, l'Académie est morte!
    « Pour elle tout est dit. »

---

24 FÉVRIER.

Pour ceux qui ne sont plus faisons une prière;
Ils sont tombés vainqueurs et pour la liberté.
Voilons de crêpes noirs notre sainte bannière,
Et laissons aux vaincus l'insulte et la fierté.
Frères, souvenons-nous qu'il faut marcher ensemble,
Sans crainte et sans orgueil, sur le terrain qui tremble
    Sous les pas de nos ennemis!

(1) Le *Courrier* de la Gironde, appelle *Lagrange* pourvoyeur d'échafauds : nous renvoyons l'infame épithète à qui de droit.

Souvenons-nous qu'aux temps orageux où nous sommes,
L'humanité ne doit rencontrer que des hommes,
La liberté que des amis !

Frères, souvenons-nous que nos frères succombent
Sous le fer assassin des bourreaux couronnés ;
Que les foudres des rois sur leurs têtes retombent,
Qu'ils sont, de par les rois, de tous abandonnés !
Allemagne, Italie, ô nos sœurs immortelles,
Aidez-nous, aidez-nous de vos mains fraternelles !
Pour venger un commun affront

Renversons — c'est le droit — tous les porte-couronne,
Et condamnons ces rois que le ciel abandonne,
Aux cruels remords.... s'ils en ont.

Oh ! réacteurs, malgré vos *larmes* hypocrites,
Vos sarcasmes trempés dans la boue et le fiel,
Vos baisers-Lamourette appris chez les jésuites,
Vos protestations au jour officiel,
Vos brutales gaîtés, vos sales alliances,
Vos airs évaporés et vos impertinences,
Vous tremblez tous dans votre peau,

Car vous savez, mauvais joueurs de comédies,
Que le Peuple a toujours ses grandes tragédies
Où votre rôle n'est pas beau.

E. BECQUERELLE.

25 Février 1849.

Amiens, Typographie d'Alfred CARON.

SATIRES RÉPUBLICAINES.

6e. SATIRE.

L'IDÉE.

AU CITOYEN LEDRU-ROLLIN,

REPRÉSENTANT DU PEUPLE.

A toi, grand citoyen, dont la mâle éloquence
Eclate tous les jours en faveur de la France,
A toi ces vers tracés d'une tremblante main !
J'ai compris, ô Tribun, que ta chaude parole
Est le rapide trait qui s'échappe et qui vole
      Pour nous montrer le droit chemin.

De l'audace, as-tu dit ! oui, certes, de l'audace !
La foi qui n'agit pas n'est que pure grimace ;
Par les vents dispersé c'est le grain précieux ;
C'est le marin savant bercé par un doux rêve,
Alors que l'Océan et rugit et soulève
      Ses flots irrités jusqu'aux cieux.

Beni soit Dieu qui donne à ta parole ardente
Le pouvoir d'exciter, de calmer la tourmente,

1849

Ton instinctive horreur de toute iniquité,
Ce long regard qui lit au fond de nos misères,
Et cet amour profond qui ne veut que des frères
    Au banquet de l'humanité.

L'IDÉE.

Oui, l'IDÉE est vraiment la maîtresse du monde !
En vain les vieux tyrans, dans leur terreur profonde,
Sur la force ou la ruse appuyés tour-à-tour,
L'attaquent face à face ou prennent un détour ;
Telle qu'un fleuve saint qui répand l'abondance,
Elle pénètre au fond de toute intelligence,
Par des détours heureux, par des canaux secrets,
Goutte à goutte, dans l'ombre, aux lieux les plus discrets,
Et du clapotement de ses eaux souterraines
Mine et renverse enfin les sommités humaines,
Qu'elles s'appellent Rois, Empereurs ou Sultans :
Inflexible, elle marche au but comme le temps.

Trop souvent, il est vrai, le réacteur stupide
A voulu l'arrêter dans sa course rapide ;
Trop souvent les Barrot, les Faucher, les Falloux,
De l'étouffer sous eux se sont montrés jaloux.
De nos marchands d'écus et de nos royalistes
Qui de nous ne connaît les criminelles listes ?
J'entends encor d'ici leurs discours impudents
Eveiller le courroux de nos frères ardents,
Leur provocation brutale et sanguinaire
Ulcérer les cœurs purs et tenter la misère.

O lamentables jours ! ô funestes destins !
Barbares souvenirs, que n'êtes-vous éteints !
Mois de juin, sois maudit ! fratricides batailles
Dont le peuple trompé paiera les funérailles,
Maudites, soyez-vous ! car l'infâme étranger
A les yeux sur Paris qui va s'entregorger.
Quand des fleuves de sang auront rougi les tombes
Où dorment nos enfants, terribles hécatombes,
Plus d'un traître viendra, sans vergogne et sans cœur,
Blanc ou bleu, se vanter d'avoir été vainqueur ;
Quand les canons lassés n'auront plus qu'à se taire,
Il viendra demander son infâme salaire,
De mille lâchetés poursuivre les vaincus,
Escompter ses hauts-faits contre de vils écus,
Et, comble de l'horreur ! de sa lâche ironie
Braver la liberté qui fait son agonie.
C'est son droit, il espère avoir vaincu Paris,
Et d'un trône odieux relevé les débris.
Mais, vain espoir ! L'IDÉE, un moment chancelante,
S'est relevée enfin plus forte et plus brillante ;
Semblable au vieil Antée, elle a touché le sol
Pour s'élancer au ciel d'un plus sublime vol.
Oui, l'obstacle a doublé la force de ses ailes ;
Elle vole, elle vole aux conquêtes nouvelles.
Du centre rayonnant jusqu'aux extrémités,
Elle répand partout ses divines clartés,
Elle éclaire à la fois, affermit, et console
Le combattant vaincu qui s'éteint dans sa geole,
Le combattant vainqueur dont les yeux sont ouverts

Aux grandes vérités qui règlent l'Univers ;
Elle s'infuse au cœur de nos malheureux frères,
Des cités et des champs éternels prolétaires,
Elle s'infuse au cœur des bourgeois entêtés
Que le mal social n'a pas encore gâtés,
Et, malgré les efforts d'un ministère unique
Qui proscrit en tous lieux la sainte République,
Le peuple, réuni dans un commun effort,
Triomphera : Le peuple est toujours le plus fort.

Saints jours de février dont nous fêtions naguère,
Malgré nos ennemis, le saint anniversaire,
Qu'importe douze mois d'odieux errements !
Nos défenseurs livrés à d'ignobles tourments !
Nos frères bafoués, couverts d'ignominies !
Nos sublimes vainqueurs traînés aux gémonies !
Qu'importe ces jongleurs dispersant sous leurs pas
La poussière des morts qu'ils ne comprennent pas !
Vos souvenirs empreints de gloire populaire,
Nous rappellent un roi fuyant notre colère,
Et, malgré sa valeur, pour épargner le sang (1),
Son fidèle Bugeaud, à nos yeux, s'éclipsant,
Un trône renversé, nos Artabans en fuite,
En deux heures au plus la royauté détruite,
Voilà vos souvenirs terribles pour les rois !
Car vos martyrs sont morts pour le peuple et ses droits.
Alors nos fiers regards rayonnaient d'espérance ;
Les corrompus tremblants quêtaient notre clémence,

(1) Inutile de dire que le brave Bugeaud ne voulait épargner
que le sien.

Et nos cœurs généreux ne leur marchandaient pas
Une dernière grâce au milieu des combats.
Les destins sont changeants : frères, courbons nos têtes
Sous le souffle glaçant des bourgeoises tempêtes :
Plus habiles que nous, surtout plus insolents,
Nos rivaux rassurés ont repris leurs élans.
Le peuple est un lion calme dans sa colère
Ils veulent l'irriter à force de misère.
Tout est bon à ces nains gonflés de nullité,
Pour défier encor' sa sainte majesté.
A ceux qui sont debout l'outrage et les injures
Qui rouvrent aisément les dernières blessures !
A tous ceux qui pour nous sont morts pieusement
Le mépris qu'ils ont su contenir prudemment !
Rien ne peut assouvir leur furie imbécile :
Ce qu'il faut à ces nains, c'est la guerre civile,
La guerre impitoyable et ses rouges flambeaux,
Le droit de dévaster vos glorieux tombeaux,
O martyrs, qui dormez sous la sainte colonne,
Au milieu des grands bruits de notre Babylone !
C'est le droit d'imposer aux peuples fatigués
Un de ces vieux Bourbons dans l'exil relégués,
Sous les fourgons des rois ou la robe des prêtres
D'étouffer les saints droits conquis par nos ancêtres,
Et d'une charte encor, ridicule cadeau,
Aux Français abusés de voter le fardeau.

Qu'importe ! disions-nous ; nous répétons, qu'importe
Que la réaction chez nous soit la plus forte !
Qu'elle place au pouvoir ses apôtres fervents,

Politiques roseaux pliant à tous les vents !
Qu'importe les leçons du vieux doctrinarisme,
Et Barrot et Faucher nous prêchant l'égoïsme !
Du monde rajéuni les dogmes fraternels
Ont partout des amis, des prêtres, des autels.
Partout même intérêt, partout mêmes bannières :
Les peuples affranchis ont dit : Plus de frontières !
Unissons tous nos bras, confondons tous nos cœurs ;
Vaincus d'hier, demain nous serons les vainqueurs.
Puissance de l'IDÉE ! ô rêve magnifique
Dont la réalité s'appelle République,
Salut ! du Boristhène aux cités des Romains
Les esclaves debout se sont donné les mains.
C'est la guerre : hurrah ! La première, la France
A relevé le gant jeté par l'insolence.
Les débiles tyrans de Vienne et de Berlin
Entendent, chaque nuit, l'oracle sybillin ;
Ils tremblent, accroupis aux fond de leur repaires,
Que le peuple accouru les brise en ses colères.
Voyez les généraux de ces monarques nains
Rougissant d'un sang pur les monts des Apennins,
Ces froids réformateurs qui leurrent d'espérance
Les citoyens trompés de Rome et de Florence :
Le peuple s'est levé pour leur abaissement :
Le peuple ne veut pas d'un monarque qui ment.
Encore quelques jours, Ferdinand l'imbécile
Verra Naples lassée à son joug indocile,
Et ses lâches soldats, catholiques bandits,
Oublier d'obéir à ses sanglants édits.
Encore quelques jours, et Charles de Sardaigne,

Charles, qui fit bénir les débuts de son règne,
Paiera de sa couronne et de sa liberté
Sa couardise, infâme après tant de fierté.
Que Radestki triomphe à Ferrare, à Modène,
Que le géant romain sous la main qui l'enchaîne
Tombe, et que les cités, aux grands murs démolis,
S'affaissent lentement, sombres nécropolis;
Qu'il assouvisse encor, le Tartare modèle,
Sur nos frères du Nord sa furie éternelle;
Qu'il lâche ses Kalmouks, égorgeurs patentés,
Comme un défi suprême aux peuples révoltés;
Qu'il donne pour remparts à ses frères malades
Ses farouches Strelitz et ses Baskirs nomades;
Qu'il pousse jusque là, son mépris souverain
De quitter sa Nèva pour nos rives du Rhin,
Oh! nous nous souviendrons de nos grandes journées
De glorieux succès si longtemps couronnées,
Des héros qui sont morts en combattant pour nous,
Dans le sang des tyrans marchant jusqu'aux genoux.
Nous irons, entonnant l'hymne patriotique
Qui fait aux nations rêver la République,
Et chacun de nos cris mille fois répétés
Fera pâlir les rois sous la tente abrités.
Nous irons, répandant les semences fécondes
Dont les fruits immortels doivent nourrir le monde,
Et, vaincus par nos chants mieux que par nos fusils,
Les soldats cesseront d'être des alguazils.
Irlandais affamés, esclaves Moscovites,
Italiens tremblant aux pieds de leurs lévites,
Calviniste endurci, catholique entêté,

Oui, tous auront conquis leur part de liberté.
Allons ! donc, citoyens, du calme et du courage
Comme il convient au fort, comme il convient au sage !
Car les temps sont venus où du monde nouveau
L'Idée avec amonr tracera le niveau,
Et du cercle infernal formé par des pygmées
S'échappera, malgré leurs puissantes armées.
Alors, prince déchu, prolétaire vainqueur,
Soldat qui n'avait pas le droit d'avoir un cœur,
S'écrieront, emportés d'un élan sympatique :
Mort à tous les tyrans ! Vive la République !

E. BECQUERELLE

10 *Mars*, 1849.

Amiens, Typographie d'Alfred CARON.

SATIRES RÉPUBLICAINES.

7e. SATIRE.

LE THÉATRE.

Corrumpit ridendo mores.

L'AVOCAT ET LE JOURNALISTE.

Souvent, lorsque la nuit, éclaircissant ses voiles,
Fait dans un fond d'azur scintiller les étoiles,
Nos villageois, assis sous les arbres en fleurs,
Par de naïfs discours endorment leurs douleurs.
Les enfants échappés aux caresses jalouses
S'ébattent librement sur les vertes pelouses,
Les amants réunis dansent sur le gazon,
Le buveur attendri fredonne sa chanson,
Et les vieillards gagnés par la commune ivresse
Suivent d'un œil ravi la bruyante jeunesse.
Trop heureux villageois, s'ils oubliaient toujours
Les soucis dévorants, compagnons de leurs jours !

1849

S'ils oubliaient toujours qu'un possesseur sauvage
A fondé son bien-être au prix de leur servage,
Et, pour mieux contenter ses appétits brutaux,
Se gorge du butin, fruit de leurs longs travaux !

Cependant, à cette heure où toute créature
Doit chercher son bonheur au sein de la nature,
Nos bourgeois, mais j'entends nos bourgeois bien rentés,
Franchissent les degrés des théâtres vantés ;
Au sortir du landau qui berçait le paresse,
Ils s'en vont savourer une nouvelle ivresse ;
A l'angle de la rue où se brise le vent,
Le pauvre abandonné sanglotte bien souvent.
Une parcelle d'or calmerait sa souffrance :
Qu'importe sa détresse ! Ivre de jouissance,
Installé dans sa loge aux brillantes couleurs,
Le riche n'entend plus, il est sourd aux douleurs.
Son front est empourpré des couleurs les plus vives,
Il s'est gorgé des vins de nos plus riches rives,
Et son large estomac digère bruyamment
Les exotiques mets mangés gloutonnement.
Heureux mortel ! il a près de lui sa famille,
Charmante trinité dont le bonheur pétille,
Son épouse, matrône aux robustes appas,
Qui l'aide à dévorer ses succulents repas,
Et dont la dignité complaisamment se borne
A sauver le budget que son époux écorne.
Son fils, jeune écolier par ses maîtres gâté,
Grâce aux écus d'un père honnête et patenté,
Sa fille, jeune vierge encore, mais ravie
De faire en si bon lieu son début dans la vie.

Ecoutons : le rideau s'est levé, les acteurs
Vont passer tour-à-tour devant les spectateurs.

C'est un drame sanglant, purrulent étalage
De vices élégants, de meurtres, de carnage,
Où l'adultère montre avec impunité
Sans trembler, ni rougir, toute sa nudité.
C'est une comédie, à la pimpante allure,
Où la vierge s'apprend à devenir impure,
A tromper décemment l'amant plein de candeur
Qui crut à ses serments, qui crut à sa pudeur :
Puis, c'est un vaudeville, une pièce bouffonne,
Où, pour plaire, l'auteur longuement déraisonne,
Insulte aux droits sacrés conquis par nos aïeux,
Et se fait un plaisir de blasphémer nos dieux.
L'écolier, étranglé dans son bel uniforme,
Aux mœurs de ces messieurs complaisamment se forme ;
Il apprend que le vol qui se cache avec art
Au banquet de la vie aura plus large part,
Que le pauvre honteux, armé d'un vain scrupule
Reste ce paria dont la race pullule,
Que le vice doré s'intitule vertu,
Qu'il domine le pauvre à ses pieds abattu,
Et qu'il n'est ici-bas, du Pérou jusqu'à Rome
Pire condition que celle d'honnête homme.

Bienheureux spectateurs, prolongez vos longs loisirs !
Vos édiles moraux veillent sur vos plaisirs.
Bienheureux écrivains, vous trouvez sur la scène
D'ignobles traducteurs de votre drame obscène.

L'actrice corrompue , aux regards langoureux ,
Aux loges d'avant-scène aura fait des heureux ;
La vierge, à ce manège éveillée , attentive ,
Répétera demain son œillade lassive ,
Et , vieille en un seul jour pour son candide amant ,
Jouera la comédie avec empressement.
Car, sous les feux croisés des phrases libertines ,
Des immoralités plâtement assassines ,
Et la mère et la fille entr'elles chuchottant
Commentent , sans rougir, le couplet insultant.
L'enfant , qui ne connaît, dans sa riche igorance ,
Que Molière et Regnard à défaut de Térence ,
A défaut de Flaccus que Clairville et Brunswick
Dont la réaction protège le trafic ,
A défaut de Montaigne et de Plutarque antique
Que les impurs récits de Faublas le cynique ,
L'enfant , prêtant l'oreille aux rubriques chansons ,
Maudit les professeurs et leurs graves leçons.

Il faut un complément à ces ignobles farces :
Voici venir la danse et ses lascifs comparses.
Le ballet est d'un maître habile en son métier ;
La salle sera comble , et le triomphe entier.
La danseuse en renom , court vêtue et sans gêne ,
Ainsi qu'une Antilope a bondi sur la scène ;
Les lorgnons essuyés , les binocles ouverts
Dévorent ses appas à peine recouverts.
Aux sensibles Romains ses souplesses lubriques
Arrachent des vivats , des bravos frénétiques.

Ses poses bravent tout ; le vieillard hébété
Lui grimace un souris hideux de volupté ;
La matrone et sa fille — ô comble de l'audace !
La proclament pêtrie et d'adresse et de grâce ;
Le père, qui s'est fait jésuite et libertin,
Suppute ce que vaut la syrène en satin,
Et l'enfant, agacé par la nymphe légère,
Songe à quoi peut servir l'argent de son vieux père.

Et cependant à l'angle où se brise le vent,
Le pauvre abandonné sanglotte bien souvent.

L'Avocat et le Journaliste.

Passe-moi la canné, je te
passerai le séné.

(Les comédiens sont sur la scène).

Malgré la profondeur de mon intelligence
Qui féconde la Somme et brille sur la France,
Ami, je comprends peu ton zèle maladroit
A refuser l'honneur qui te revient de droit.
Tes exploits sont connus, et la France sait comme
Ta science a sauvé les trembleurs de la *Somme*,
Sans relâche ameuté le méchant et le sot,
Réuni les Picards en un commun faisceau,
Et, plantant nos drapeaux dans le camp jésuitique
Vilipendé partout notre jeune République.

L'AVOCAT.

Cher ami, ton discours offense ma pudeur ;
Tu connais mes desseins et ma bouillante ardeur.

Je n'ai qu'un but, défendre aux dépens de ma tête,
Contre tous les brigands, la République honnête,
Et de tout libéral pourchassé prudemment
Débarrasser la ville et le département.
Mon rôle est accompli : j'ai remis à leur place
Les jeunes entêtés qu'indignaient mon audace,
Et mon ambition, se borne, sais-tu bien,
A faire des puissants, à rester citoyen.
Mais toi, qui sers si bien la presse militante,
A Paris, sur la Loire, aux bords de la Charente,
Qui soulèves partout les populations
Contre l'hydre sanglant des révolutions,
Qui, du souffle orageux de ta puissante haleine
Fais gronder la tempête et bouillonner la haine,
Et sombrer tour-à-tour, sans crainte et sans effort,
Ces nains républicains à peine entrés au port,
Accepte cet honneur que nous voulons te faire,
Sois député, pour nous servir et pour nous plaire.
Mous Guizot inventa l'*ordre et la liberté*,
Plus heureux que Guizot, nous avons inventé
La *modération* qui pourchasse, incrimine
Ceux qui n'adoptent pas notre sage doctrine,
L'*honnêteté* qui donne aux possesseurs d'écus
Le droit incontesté d'insulter aux vaincus.
Ah ! fais-toi donc pour nous une douce contrainte,
Laisse les électeurs te verser l'huile sainte,
Et, bien mieux qu'au journal où nous combattons tous,
Tu défendras la France, en nous défendant, nous.

LE JOURNALISTE.

O Pollux, dont je suis le Castor bien fidèle,
Tes éloges constants m'ont payé de mon zèle ;
J'ai toujours méprisé, comme indigne et vénal,
L'écrivain qui se vend pour un impur métal ;
A me faire payer si parfois je m'abaisse,
C'est dans l'intérêt seul du peuple et de la Presse,
De nos *chers* députés allant grossir les rangs,
Moi, j'irais mendier vingt-cinq malheureux francs !

Non ! non ! va, j'oubliais ma franchise sauvage,
Quand je te suppliais d'implorer leur suffrage ;
Des hommes comme nous les rôles sont tracés.

L'AVOCAT.

La lumière s'est faite : Ami c'en est assez ;
Comme toi, je vois clair, et je comprends sans peine
Qu'un intérêt commun en ces lieux nous enchaîne.
Je n'ai jamais brigué, des confrères jaloux,
Les honneurs enivrants qu'ambitionnent les fous ;
Satisfait de ma toge et de mes honoraires,
Je n'irai point chercher des honneurs éphémères ;
Je reste pour calmer le peuple trop brutal,
Pour prononcer à temps le *quos ego* fatal,
Et mes concitoyens un jour diront, peut-être !
« Il fit des députés, et ne voulut pas l'être.

LE JOURNALISTE.

(Les comédiens sont rentrés dans la coulisse).

Ouf ! le tour est joué, mais les bons spectateurs
Auraient bien pu siffler la pièce et les acteurs
Et nous jeter, dans leur colère impatiente,
De vils comédiens l'épithète insultante.
De clôturer, mon cher, je crois qu'il était temps,
Le parterre toujours eut les goûts inconstants.
Jetons nos oripeaux, chacun, dans notre loge :
Moi, je reprends ma plume, et toi, garde ta toge.

L'AVOCAT.

Je le sais, mon étoile a pâli ; mes discours,
Marchandise éventée, ont perdu de leur cours.
Le peuple fatigué de mes faux syllogismes,
Traite naïvement mes discours de sophismes,
Et dans nos clubs picards je chercherais en vain
Ces triomphes publics qui me rendaient si vain.

La faveur populaire est chose bien frivole :
Le roche tarpésienne est près du Capitole.

LE JOURNALISTE.

Le public est ingrat : témoin certain présent
Dont tes piètres bourgeois m'ont fait l'honneur récent.
Ce n'était point, mon cher ; par des faveurs banales
Qu'on payait autrefois mes tartines vénales ;
Guizot et Duchâtel, ministres grands seigneurs,
Des fonds secrets chez eux me faisaient les honneurs.
Il a fallu chez toi — chose honteuse et vile ! —
Arracher quelques sous aux faubourgs, à la ville,
Pour me donner à moi, ... ,
Un groupe suranné du sculpteur Clodion !
C'en est trop, je devrais briser mon écritoire.

L'AVOCAT.

Mon cher on ne vit pas seulement que de gloire ;
Un bon tien vaut, dit-on, mieux que deux tu l'auras :
Puise dans notre caisse, autant que tu pourras.
Duchâtel voudrait bien trôner au ministère
D'où l'a fait déguerpir le peuple en sa colère ;

LE JOURNALISTE.

Je comprends la leçon, et j'en profiterai :
Rançonne tes cliens, et moi, j'émargerai.

E. BECQUERELLE

25 *Mars*, 1849.

Amiens, Typographie d'Alfred CARON.

SATIRES RÉPUBLICAINES.

8e. SATIRE.

LA PRESSE RÉACTIONNAIRE.

« Guerre à nos ennemis ! Oui , guerre impitoyable !
« La paix , dérision ! Toute trève est coupable.
« A l'heure du danger , la faiblesse est un tort :
« Quand on marche au combat , la victoire ou la mort !
« Démocrates ardents , rouges , socialistes ;
« Vite , inscrivons-les tous sur nos fatales listes !
« Désignons aux stylets , à la balle , aux canons
« Les républicains purs sortis des cabanons.
« Soufflons , soufflons le vent des royales tempêtes !
« Écrasons sous nos pieds les orgueilleuses têtes !
« Et qu'il ne reste plus de ces hommes flétris
« Sur le sol piétiné que ruine et débris ! »

Ainsi parlent , vraiment , les preux du journalisme ,
Don-Quichottes nouveaux du vieil Orléanisme ,
Défenseurs écloppés des systèmes pourris ,
Qui n'ont rien oublié , mais qui n'ont rien appris ,

1849

Souteneurs éhontés de Russie ou d'Autriche,
Cachant sous leurs manteaux, de Chambord, leur fétiche,
Appelant l'ennemi par modération.,
Insultant par devoir la révolution,
Couvrant de leur mépris, salissant de leur bave
Le peuple fatigué de leur servir d'esclave,
Hypocrites trembleurs, plus on moins convaincus
Que la Démocratie en veut à leurs écus.

Oh ! nous comprenons bien ces combats homicides,
Ces appels violents, ces luttes fratricides !
Traîtres, nous comprenons vos cris, vos guets-apens,
Vos sifflements impurs, ô venimeux serpents !
Oui, nous comprenons tout... La honte, le silence,
Vous avez tout subi de la part de la France ;
Quand février tonna, vous vous fîtes soumis,
Vous rampiez à nos pieds, vous étiez nos amis !
Vous chantiez comme nous, plus haut que nous peut-être,
L'hymne républicain qui fait trembler le traître ;
Sycophantes tremblants, au silence réduits,
Vous vous cachiez alors... Quittez vos noirs réduits.
Elevez, élevez vos cœurs ! prenez courage !
A vous de menacer ! Le ciel est pur ! l'orage
Éteint, à l'horizon, son dernier grondement ;
Place, place aux vainqueurs ! avancez hardiment !
Armez vous, ô guerriers ! exaltez vos colères !
Soulevez à dessein les fureurs populaires !
Le peuple généreux oublia vos méfaits,
Pour vous venger de lui, créez-lui des forfaits.
Criez, criez partout que la démagogie
Veut traîner dans le sang sa bannière rougie,

Que l'infâme ouvrier, communiste enragé,
Veut pour lui seul le bien dont le riche est gorgé,
Qu'il n'est pauvre habitant de ville ou de village
Qui ne rêve, après tout, incendie et pillage;
Courtisans mutilés, chantez sur tous les airs
Que les peuples sont nés pour mourir dans les fers;
Redresseurs d'échafauds, assouvissez vos haines,
Prêtez aux nations les fureurs des hyènes,
Brandissez à leurs yeux ce glaive menaçant
Qui fait monter la rage et demande du sang;
Enfoncez sans pitié dans la chair frémissante
Vos dards empoisonnés par la colère ardente,
Et le peuple, lion de vos clameurs lassé,
Rebondira sanglant... de nouveau terrassé.

Allez! que craignez-vous, journaux réactionnaires,
Le roi Piémontais vient de vendre ses frères;
De l'empereur François le magnanime enfant,
Se livre, poings liés, au Russe triomphant;
Frédéric, à Berlin, refuse une couronne;
Il ne peut l'accepter, si le czar ne la donne.
Du trône et de l'autel esclaves ignorants,
Nos bourgeois libéraux protègent vos tyrans;
Précédé du Croate, à l'altière démarche,
L'exilé de Frosdorf prie, et se met en marche;
L'enfant de Loyola, moderne publicain,
Pour mieux dissimuler, se fait républicain;
L'infâme loup-cervier sur la bourse spécule,
Le soldat du banquier se fait le digne émule;
Comtes, marquis, barons, adroits agitateurs,
Du peuple pour un jour se font les serviteurs;

Le hongrois triomphant qui écrase sa victoire
En vain, du Polonais s'abrite sous la gloire,
Et le russe, bourreau de toute liberté,
Rêve de barricade et de Paris dompté.

Honte, honte sur nous ! l'ardent folliculaire
Bien mieux que l'étranger se fait réactionnaire ;
Il vend sa conscience au riche, pour de l'or,
Vend son nom, si parfois son nom lui reste encor,
Attaque sans rougir les personnes aimées,
Bave sur les grands noms, le pures renommées,
Exalte l'impuissant au détriment du fort,
Du riche vicieux protège le comfort.
On le paie : il défend les chasubles, les brettes ;
Son rôle est d'insulter aux plus nobles conquêtes,
Quatre-vingt-neuf ! horreur ! Waterlo, heureux jour
Qui nous dota, deux ans, du Russe et du Pandour !
Point de honte, messieurs ! – Juillet dix huit cent trente,
Impardonnable accès de fièvre intermittente !
Février, Mois néfaste, à tout jamais maudit !
Journalistes *réacs*, vous n'avez pas tout dit.
Ameutez contre nous châteaux et presbytères,
Appelez sur nos fronts les célestes colères ;
Portez le désespoir dans les cœurs généreux ;
Triomphez au moyen des méchants, des peureux ;
Dépouillez l'indigent pour établir vos listes,
Loups-cerviers affublés du nom de royalistes ;
Ducs, vicomtes, marquis, ouvrez, vos parchemins,
Le peuple marche à vous, en vous tendant les mains!

Peuple de février, nation magnanime,
Pardonne à mon erreur, mon erreur est un crime,

J'ai cru, — pardonne-moi ! — j'ai cru pour un moment
Qu'ils tueraient en ton cœur tout noble sentiment,
Ou, que le fiel, bavé par leurs bouches impures,
Aigrirait tes douleurs, tombant sur tes blessures.
Ce peuple, il est trop sage, écrivassiers menteurs,
Pour croire à vos appels sanglants, provocateurs ;
Il est trop fort, connaît trop bien votre faiblesse,
Pour lutter avec vous, Lilliputs de la presse.
Votre insulte à ses Dieux et vos lugubres cris
N'éveilleront en lui que dédains et mépris.
Il a, pour triompher, un talisman suprême,
Plus fort que vos soldats, que le canon lui-même.
Ceint de foudre et d'éclairs, il marche calme et doux,
Cuirassé du *suffrage* étendu jusqu'à tous.
Le *suffrage*, voilà le talisman magique
Faisant luire à ses yeux cette mer atlantique
Dont les flots agités le porteront soudain
Sous les berceaux sacrés de l'immortel Eden.

Continuez votre œuvre, heureux folliculaires,
Gagnez, tant bien que mal, vos infâmes salaires.
Les écus réacteurs pour vous s'épuiseront ?
Sur vos tapis en fleurs les roubles tomberont.
Pour vous venger d'un calme à vos projets funeste,
Appelez à grands cris la colère céleste ;
D'un peuple incorrigible en son entêtement
Demandez donc au ciel le juste châtiment ;
Surtout, pour assouvir vos haines imbéciles,
Allumez le flambeau des discordes civiles.
Qu'il éclaire — ô malheur ! — ces combats monstrueux
D'enfants dénaturés se disputant entr'eux.

Qu'il soit le phare immense, à la rouge lumière,
Qui guide le Kalmouck violant la frontière !
Car, vous n'aurez gagné, gens de l'ordre à tout prix,
L'estime de Falloux, et tout notre mépris,
Vos beaux éperons d'or bénits par nos pontifes,
Vos croix d'honneur, présents des modernes Caïphes,
Que le jour infernal où d'étranger sans cœur
Croira sur notre sol poser son pied vainqueur !
Jour néfaste ! ô mon Dieu ! mais de courte durée
Pour tous les réacteurs, ardents à la curée !
Le peuple souverain fait toujours sentinelle,
Il connaît des méchants la pensée éternelle ;
Et devant l'étranger, lâche et vivant affront,
Le sang de la colère ira rougir son front.
Il se rappellera son grand quatre-vingt-treize,
Ses rivaux dévorés par l'ardente fournaise,
Nos pères enflammés d'une sainte fierté
Volant à la frontière aux cris de liberté,
Sans chaussure et sans pain, plus dévoués, plus braves
Que leurs *nobles* rivaux déguisés en esclaves,
Et pour mieux refouler leurs ennemis nombreux,
Jetant au front des rois les fers brisés par eux.
Sans doute alors le peuple, ô courtiers d'éloquence,
Pèsera vos forfaits dans sa juste balance,
Et, fatigué des cris de lâches comme vous,
N'aura plus pour devise: *oubli, pardon pour tous !*

PAIRS ET SÉNATEURS.

CHAP. II. Pensions de Pairs et d'anciens
Sénateurs. . . . . . 440,000 fr.
Réduction à opérer : . . 284,000 —
La réduction est rejetée, et le
chap. II maintenu.

Assemblée nationale, du 13 avril 1849.

Qu'est-ce qu'un sénateur ? Un pair de France, en somme?
Un débris mutilé qui n'a plus rien de l'homme,
Un fossile oublié dans un coin de château,
Un nom qui s'est éteint sans bruit, sans renommée,
Une noire momie, avec pompe embaumée
     Sous un riche manteau.

Disons la vérité ! notre erreur est extrême.
Un sénateur ! Un pair ! c'est un vivant blasphème,
C'est le représentant des lâches trahisons,
C'est Judas qui vendit l'empereur au Cosaque,
Quand le noble revint sous sa blanche casaque
     Escorter les Bourbons;

C'est l'éternel jugeur de nos cours prévotales,
Inscrivant les noms purs sur les listes fatales,
Déchirant les traités, pour flatter le vainqueur,
Et, pour mieux assouvir son éternelle haine,
Fusillant sans pitié Ney, le grand capitaine,
     Comme un bandit sans cœur.

Eh bien ! à ces hauts-faits il faut leur récompense.
A quoi servent, parbleu ! les trésors de la France,
Si pairs et sénateurs se passent de blason?
S'ils n'ont plus de laquais derrière leurs voitures,

De faisans dans leurs parcs, et de riches peintures
Dans leur noble maison ?

Talleyrand-Périgord, le jésuite Villèle
N'ont jamais trop payé leur estimable zèle :
Et juillet les trouva cachés dans leur faubourg !
Après Charles, Philippe : il leur faut un monarque.
La faute est à celui qui fuit, et qui s'embarque,
Comme un sot, à Cherbourg.

Allons, représentants de notre République,
Honte à qui trouvera votre sentence inique !
Qu'importe la misère ! et qu'importe la faim !
Ceux-là n'ont pas vendu la France, leur patrie,
Dont la tremblante voix vous implore, et vous crie :
— Au moins, un peu de pain !

E. BECQUERELLE

10 *Avril* 1849.

ERRATA A LA 7me. SATIRE.

Page 2 : Vers 9. Au sortir de landau qui berçait *leur* paresse.
Page 3 : Vers 25. Bienheureux spectateurs, prolongez vos loisirs.
Page 4 : Vers 4. Répètera demain son œillade *lascive.*
Page 4 : V. 17. L'enfant prêtant l'oreille aux *lubriques* chansons.
Page 5 : Vers 20. Vilipendé partout la jeune République.
Page 6 : Vers 42. Contre les *chefs sanglants* des révolutions.
Page 8 : Vers 2. La roche tarpéienne est près du Capitole.

Amiens, Typographie d'Alfred CARON.

SATIRES RÉPUBLICAINES.

9e. SATIRE.

LES FRANÇAIS EN ITALIE.

L'arrêt est prononcé : que serviront nos plaintes ?
Irons-nous supplier des traîtres, à mains jointes ?
Protester contre un fait impudent, odieux ?
Par sa nudité même il parle à tous les yeux.
O terre de Janus, généreuse Italie,
Par les pieds des tyrans incessamment salie ,
Tu subiras encor leur infâme fureur
Pour la gloire d'un pape et d'un lâche empereur !
Tu poursuivras en vain, couverte d'anathèmes,
Ce droit des nations de régner elles-mêmes.
A l'heure où nous traçons ces lignes, en tremblant,
Une flotte — il lui manque, amie, un drapeau blanc —
Une flotte, présent de notre République,
Fend orgueilleusement la vague Adriatique ;
Elle va, secondant l'absolutisme affreux,
Débarquer nos soldats sur ton sol malheureux,

1849

Au roi du Vatican, que la vengeance égare,
Remettre, an prix du sang, sa poudreuse tiare,
Et du vieux Radetzki qui tremble en t'égorgeant,
Dissiper les terreurs, au prix de notre argent.

En vain le grand Tribun, tonnant à la tribune,
Plaida pour notre honneur, ta gloire et ta fortune;
En vain, pour déjouer d'homicides desseins,
Il parla de tes droits, comme les nôtres saints,
De Gaête, où des rois le perfide conclave
Jure, en blasphèmant Dieu, que tu seras esclave,
Nos ministres dévots, nos pieux députés,
Ont juré d'étouffer tes saintes libertés.
Que peuvent la raison, le bon droit, l'éloquence
Contre l'entêtement enté sur l'impuissance?
L'Autriche a prononcé par la voix de Barrot :
Donc, la France à son tour, deviendra ton bourreau.

Quels efforts fallait-il à notre jeune France
Pour rendre l'Italie à son indépendance?
Nous allons, trahissant la chaste liberté,
Mettre à sa bouche ardente un frein ensanglanté,
Glacer sa noble ardeur, rattacher à leurs chaînes
Les débris palpitants des légions romaines;
Nous allons raffermir le Bourbon, frémissant
De marcher, jour et nuit, dans un fleuve de sang.
Par une anomalie abominable, impie,
Devenus serviteurs du faible et tremblant Pie,
Nous allons, étouffant le sublime volcan,
Rendre à son doux repos le Dieu du Vatican,
Le rendre à son palais, à sa ville éternelle,
A saint Pierre de Rome où sa place est si belle,

A ses soldats guettant — bataillon sans pareil ! —
Sa bénédiction, pour dormir au soleil.
Et cela, quand l'Autriche, aux rives opposées,
La rage dans le cœur, voit ses forces brisées !
Quand Bem et Dembinski, volant des mêmes ailes,
Pour mieux vaincre unissant leurs gloires fraternelles,
Dans Vienne, palpitante au bruit de leurs succès,
A leurs soldats vainqueurs vont donner libre accès !

Gloire à vous, Bonaparte ! à votre intelligence !
Vous justifiez bien votre haute naissance,
Et vous prouvez à tous par un signe certain
Qu'un neveu de grand homme est souvent un crétin.
Oh ! vous vous souvenez — votre mémoire est forte —
Des soldats de Lodi, de ceux de Montenotte,
Et de ces grands combats par l'Empereur livrés
Aux tudesques guerriers contre nous conjurés.
Vous voulez consoler — noble et touchante avance ! —
L'Autriche d'aujourd'hui des gloires de la France.
Napoléon brisa les fers du vieux Romain,
Grâce à vous, Radetzki les rivera demain.
Ce que n'osa jamais dans sa toute puissance
Ce roi qui réprima votre sotte arrogance,
Vous l'osez de nos jours ! Jamais, le coq gaulois
De l'aigle des Césars n'avait subi les lois ;
Jamais, pour seconder de royales colères,
Philippe de soldats n'alourdit ses galères ;
S'il laissa la Pologne — assez de honte, hélas ! —
Tomber agonisante aux pieds de Nicolas,
Du moins de nos Français une indigne cohorte
N'alla point insulter à la Pologne morte.

Neveu de l'Empereur, soyez donc satisfait !
Les Bourbons restaurés, oh ! n'auraient pas mieux fait.
Vous aurez d'Andujar fait perdre la mémoire ;
Civita-Vecchia ! premier pas vers la gloire !
D'Angoulême serait de nos exploits jaloux,
Et l'obèse *Louis* n'eût pas mieux fait que vous.

Italie, il est vrai, la France t'abandonne
Aux sauvages fureurs de tes porte-couronne,
Aux Croates voleurs, aux pandours effrontés,
Aux assassins sanglants des saintes libertés !
Tu verras nos enfants, rouges d'ignominie,
Surveiller, l'arme aux bras, ta sublime agonie.
Ainsi le veut leur chef : pour plaire aux cardinaux,
Il a daigné rouvrir nos riches arsénaux,
Pour gagner l'indulgence à ses remords acquise
Il fait de nos soldats des soldats de l'église.
C'est en vain que Modène a chassé son bourreau,
L'épée en sa faveur sortira du fourreau ;
En vain Parme, Venise et la belle Florence
Ont juré de mourir pour leur indépendance ;
En vain Messine en pleurs, Syracuse aux abois,
Catane, qui s'abrite aux pieds de ses grands bois,
Palerme encor fumante, et Naples qui s'agite
Pour se débarrasser d'un despote hypocrite,
En vain, pour secourer l'esclavage odieux
Ces sœurs en gémissant vers nous tournent les yeux,
Nous irons, oubliant la promesse dernière,
Humilier encore une noble bannière,
Et rendre aux joug des rois, des ducs, des franciscains
Le peuple glorieux qui chassait les Tarquins.

De ces lâches forfaits, loin d'être la complice,
La France, Italiens, sait vous rendre justice ;
Pourrait-elle nier vos légitimes droits,
Elle qui, la première, osa chasser les rois ?
Voici quatre vingt-neuf qui dissipe toute ombre ;
Quatre vingt-treize luit de son éclat plus sombre ;
Juillet et Février, soleil majestueux,
Ont vu fuir pour toujours les princes devant eux,
Et l'on voudrait pourtant, qu'à son pacte infidèle,
La France reniât sa gloire la plus belle !
Que le peuple, valet des nouveaux publicains,
Fît une chasse à mort aux purs Républicains.
Oui, l'on veut qu'oublieux de Fleurus, de Jemmapes,
Nos soldats, pour les rois, s'épuisent en étapes,
Et que nos généraux, jésuites cuirassés,
Chantent l'hymne de mort des peuples harassés !
Ministres impudents, votre erreur est un crime ;
Le vertige vous prend sur les bords de l'abîme.
Qui vous dit, qu'à l'aspect de Gêne ou de Milan,
Nos fantassins, poussés par un sublime élan,
N'iront pas, écoutant les fibres de leur âme,
Jouer un rôle libre au milieu du grand drame ?
Grâce aux récits du soir, il savent quels chemins
Suivait Napoléon pour trouver les Germains ;
Comment nos généraux, qui dédaignaient la ruse,
Dispersaient les brigands de Naples ou de l'Abruzze
Que Championnet, Joubert, toujours aux premiers rangs,
Refusaient de combattre au profit des tyrans,
Et que leurs actions que la gloire décore
Valent bien les discours de Bugeaud matamore.

Ils savent discerner, sans lire vos papiers,
Messieurs les aristos de la *via Poitiers*,
Du franc républicain le fourbe royaliste !
Et vos noms, sachez-le, sont inscrits sur leur liste.
Vous, au Trocadéro vous guidiez nos soldats ;
Vous, vous condamniez Ney, l'Achille des combats ;
Vous, des chouans furieux vous dirigiez les balles
Contre des cœurs français ; Vous, des douleurs royales
Pour plaire au vieux tyran, vous éventiez le bruit ;
Et la honte de Blaye a pu porter son fruit.
Vous, qui vantez partout votre patriotisme,
Avez, pendant trente ans, servi le despotisme ;
Vous, qui répandez l'or pour tuer la liberté,
Comme de vils larrons avez *boursicotté* ;
Vous enfin, qui dancez, au nom de la morale,
Nos soldats frémissants sur la terre Papale,
Qui criez sur les toits — respect aux potentats,
Que de lâches brouillons chassent de leurs états,
Singe de liberté, comédien de gloire,
Vous avez violé notre saint territoire,
Et votre noble main qui cherchait le succès,
N'a pas tremblé devant l'uniforme français !
Allons donc vieux débris des systèmes contraires
Dispersés par le peuple en ses chaudes colères,
Vous avez beau crier et vous ronger le frein,
L'armée est, comme nous, le peuple souverain ;
Elle a ses fiers instincts, ses justes répugnances
Pour vos abaissements et pour vos insolences,
Et le jour n'est pas loin, effrontés Philistins,
Où sa rude équité règlera vos destins.

Italie ! Italie ! ô terre d'esclavage,
Salue, avec espoir, notrs flotte au rivage !
Que le drapeau français, sur ton sol arboré
Réjouisse ton cœur, comme un songe doré.
Un souffle inspirateur a passé sur la France,
Qui porte aux nations la joie et l'espérance,
Et jamais nos guerriers ne descendront si bas
De comprimer l'élan qui te pousse aux combats.
Radeszki triomphant dans Milan tributaire
Avoue, en pâlissant, son triomphe éphèmère ;
Son oreille a surpris ces bruits mystérieux
De peuples révoltés, de combats glorieux,
De Hongrois déployant leurs bannières flottantes,
De Croates vaincus abandonnant leurs tentes ;
Son orgueil s'humilie, et sa lâche fureur
Réclame un vain secours de son faible empereur.

Encore quelques jours, Italiens, nos frères,
Et la gloire viendra consoler vos misères ;
Encore quelques jours de souffrance et de deuil,
Et vous relèverez la tête avec orgueil.
Les formidables bruits de ces canons qui grondent
Devant Pesth et Presbourg, à vos canons répondent ;
Ce sont les grandes voix des peuples fatigués
Du joug des potentats contre leurs droits ligués.
Puis qu'un Napoléon—trahison ou démence—,
Des peuples opprimés déserte la défense,
Et bien loin de tenir ce qu'il avait promis,
Pactise lâchement avec vos ennemis,
Portez, portez vos yeux vers ces rives lointaines
Où de grands *révoltés* osent briser leur chaînes ;

De Bem , de Dembinski les bataillons vengeurs
Feront mentir l'oracle et les rois égorgeurs.
Tout diplomate est traître avant d'être perfide ;
Que le glaive Hongrois étincelle et décide !
J'entends les cris joyeux du vieux peuple germain,
Car Vienne est libre, et vous, serez libres demain !

E. BECQUERELLE

28 Avril 1849.

Amiens, Typographie d'Alfred CARON.

SATIRES RÉPUBLICAINES.

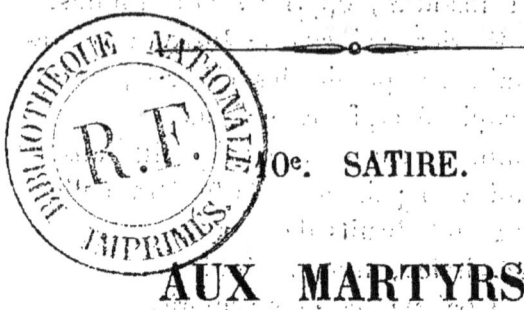

10e. SATIRE.

AUX MARTYRS.

Ombres de Février, ombres grandes, sévères,
Qui dormez doucement dans vos froids ossuaires,
Jusqu'au jour solennel où vous serez debout,
Quand les vents du réveil souffleront de partout!
Héroïques martyrs dont le sombre génie
Fit une lutte à mort avec la tyrannie,
Dont le sang généreux dans la grande cité
Coula pour la vengeance et pour la liberté!
Adversaires constants de l'erreur monarchique,
Mais dont le dernier cri, cri sanglant, prophétique,
Sur les débris fumants du trône vermoulu
Créa la République et son droit absolu!
Valeureux combattants qui tombâtes au Louvre
Que défend l'esclavage et que la gloire entr'ouvre,
Dont les derniers regards—spectacle éblouissant!—
Ont vu fuir le vieux Roi dans un fleuve de sang,

1849

Dont les derniers soupirs—sublime prophétie!—
Murmuraient : liberté, bonheur, Démocratie!
Vous tous qui combattiez contre les vils tyrans
Pour vos frères maudits, opprimés et souffrants,
Vainqueurs de Février, vaincus de Juin, nos frères,
Qui de l'humanité compreniez les misères,
Du véritable peuple énergiques enfants,
Qui brisez comme verre un trône de mille ans,
Que vous dormiez en paix sous la funèbre dalle
Au milieu des grands bruits de notre capitale,
Ou que vous gémissiez, ardents républicains,
Sur le vieux sol baigné des flots armoricains,
Restez, frères, restez sous la colonne sainte
Où nous enfants de fleurs vous formons une enceinte;
Restez dans vos cachots, sur l'humide ponton
Où l'argousin commande armé de son bâton,
Où le doux alcyon attiré vers la rive
A vos plaintes unit sa voix triste et plaintive,
Restez, ô saints martyrs, et ne maudissez pas
Les rigueurs de l'exil ou celles du trépas

Car vous aviez rêvé, courageux prolétaires,
Un monde composé de héros et de frères
Où l'amour, bannissant tout sentiment haineux,
Unissait les enfants par de sublimes nœuds.
Frères, vous vous trompiez : la stupide vengeance
Mugit dans nos cités qu'habite l'arrogance;
Pancréas, qui s'agite en efforts impuissants
Pour créer un plaisir tout nouveau pour ses sens,
Insulte à votre mort, ô saintes hécatombes,
Et craint pour son repos que vous brisiez vos tombes!

Il proclame partout que vos imitateurs,
Du pillage et du vol ignobles sectateurs,
Catilinas blasés de la moderne Rome
Feront du *communisme* un nouveau droit de l'homme,
Et, saturant de fiel ses discours odieux,
Poursuit votre mémoire, ô Mânes glorieux !
Restez, restez muets, dédaigneux, immobiles
Dans vos cercueils creusés par nos guerres civiles,
Car vous reculeriez d'épouvante et d'horreur
Devant l'ignominie et devant la fureur.
O frères, vous verriez, indignement traquée,
La révolution par des nains attaquée,
Par ces nains sans pudeur que votre forte main
Dédaigna d'écraser sur les bords du chemin ;
Vous les verriez ces nains, indignes de clémence,
S'acharner sans pitié sur notre belle France,
Et de leur bave impure impunément salir
L'autel que de vos mains vous aviez cru bâtir.

Frères, votre pitié ne fut pas légitime ;
Envers les oppresseurs l'indulgence est un crime.
Pourquoi donc écouter ces instincts généreux
Qui détournaient la balle et vous parlaient pour eux ?
Pourquoi descendre enfin dans vos froids ossuaires
Sans avoir terrassé vos lâches adversaires ?
Sans avoir appuyé votre genou sanglant
Sur ces vaincus d'hier qui fuyaient en tremblant ?
Sans avoir écrasé dans leurs nids de vipères
Ces reptiles impurs qu'épargnaient vos colères,
Et sans avoir vengé, frères, à coups pressés,
Deux mille ans de malheurs sur la France amassés ?

Vous nous avez perdus à force de clémence ;
Vous avez pardonné, quand on rêvait vengeance ;
Vous avez détourné vos regards irrités
Du spectacle sanglant de leurs indignités.
Puis, les vents ont cessé de souffler la tempête ;
Vos lâches ennemis ont relevé la tête.
Qu'importait à l'honneur ? vous les aviez vaincus ?
Ils avaient à sauver leurs droits et leurs écus.
Vous aviez renversé l'idole monarchique,
Ils ont rêvé la mort de votre république ;
Vous avez été grands et surtout oublieux,
Ils sont vils, aujourd'hui qu'ils sont victorieux.
Vous aviez, transportés d'une sainte furie,
Brisé cet échafaud teint du sang de Borie,
Mais ils ont relevé dans leur lâche fureur
L'infernal instrument de sauvage terreur ;
Mais ils ont, au grand jour, sur nos places publiques
Joué le role affreux de Procustes cyniques,
Et, tiède encor du sang versé par l'égorgeur,
Le tombereau fatal attend son voyageur.
Pitié ! pour conspuer vos gloires infinies,
Ils ont rouvert le champ des tristes gémonies,
Et cloué, sans rougir, des noms purs et chéris
Au poteau dont vos mains dispersaient les débris.
Quand vous tombiez au Louvre, à la Grève, ô nos frères,
Sous le fer ou le plomb de royaux adversaires,
C'était en murmurant ce refrain bien aimé :
« La France doit son bras à tout peuple opprimé ».
Les ministres couards du Roi de l'Elysée,
Écoutant, sans rougir, la publique risée ;
Bravant, sans sourciller, les plaintes et les cris
Qui montent de la France et surtout de Paris,

Reniant vos grands noms , vos promesses formelles,
Font nos soldats des rois les lâches sentinelles,
Et transforment enfin nos tremblants généraux
En serviteurs du Pape et de ses cardinaux.

Oh ! vous aviez voulu la France grande et libre ,
Et son noble étendard s'indigne aux bords du Tibre !
A force de bassesse et de soumissions ,
Ils ont mis votre France au banc des nations !
C'est la France d'hier, chancelante, incertaine ,
Rivée incessamment à sa pesante chaîne ;
La France de Philippe !... Elle a perdu ses droits,
En se faisant esclave et vassale des rois.
Quatre-vingt-treize ! !! horreur ! Ses héros et ses sages
Rougiraient , de pitié , de nos derniers outrages,
Et maudiraient leurs fils , pour la troisième fois
Subissant du Baskir les infamantes lois.
Où sont nos libertés si chèrement conquises ?
La vengeance et la mort chez nous se sont assises.
Où sont nos jours de gloire au beau soleil fêtés ?
La main des potentats nous a tous soufffletés.
Trahison ! trahison ! L'Assemblée elle-même
Ment éternellement à son mandat suprême ;
Clémente par instinct., mais avec abandon ,
Elle devait sur vous étendre son pardon ,
Briser de vos cachots la pesante barrière
Ou vous tendre la main pour franchir la frontière.
Elle ne l'a pas fait !... Honte aux Représentants
Qui ne comprennent pas leurs devoirs et leur temps !
Honte à cette Assemblée , impie , inexorable ,
Léguant son souvenir à l'histoire implacable,

Mourant de déshonneur, sans avoir donné tort
Au sublime Barrot, son *Jupiter stator* !
Honte à tous ces Sinons, vendus au royalisme,
A ces débris honteux du tremblant despotisme,
Qui n'ont eu que des mots de fiel et de mépris
Pour votre République, ô nos frères chéris !

Vous avez bien souffert ! vous souffrirez encore :
Ainsi l'a décidé Faucher le matamore ;
Ainsi l'ont décidé ces ministres cretins
Que l'impuissance appelle à régler nos destins.
O Martyrs, soyez fiers ! puisez dans la souffrance
Le calme dédaigneux qui sied à l'innocence.
Laissez ces traîtres fous, ces ennemis rampants
Répandre sur vos noms leur bave de serpents,
De Salmonée enfin ces singes téméraires
Appeler sur leurs fronts les foudres populaires !
Qu'ils tremblent à leur tour ces instruments honteux
Des ignobles partis se déchirant entr'eux !
Ces soldats sacristains qui se font une gloire
De recréer les temps des Sixte et des Grégoire,
D'imposer à la France un affront signalé
Pour rendre la tiare au pontife exilé.
Le temps n'est plus des rois, des conciles, des bulles,
Où nos soldats mouraient confessés et crédules ;
Les révolutions en leurs jeunes cerveaux
Font germer chaque jour des pensers tout nouveaux !
Frères, ils ont compris que vos combats sans trêves
Ne sont point inspirés par de mystiques rêves,
Que les temps sont passés des règnes absolus
Où le Français armé ne s'appartenait plus ;

Qu'ils sont des citoyens et non pas des esclaves,
Ou des sbires postés aux portes des conclaves,
Que la France, ô martyrs, refaite de vos mains,
S'indigne de marcher par d'obliques chemins,
Et qu'il n'est plus de traître, à ses yeux, de rebelle
Que l'enfant insensé qui s'insurge contre elle.

Martyrs, consolez-vous ! L'électeur consulté
Va reprendre sa part de souveraineté,
Dans son cœur généreux tremblent toutes les fibres
Qui manquent à l'esclave entre des hommes libres ;
Il sait qu'avec le crime il est temps d'en finir,
Que Février n'est plus qu'un pâle souvenir,
Et que, suant la peur dans leurs étroites sphères,
Ses bourgeois députés n'ont fait que leurs affaires ;
Il sait qu'ils ont pesé le pain de l'atelier
A l'ouvrier souffrant sous le pesant collier,
Et qu'ils ont insulté, ces rhéteurs émérites,
Les défenseurs du Peuple en phrases hypocrites.
Ce qu'il n'osa jamais, il va l'oser enfin ;
Les noms purs brilleront sur chaque bulletin.
Il enverra siéger loin de la plaine infâme
Ces hommes que l'amour de la patrie enflamme,
Ces rudes orateurs, ces tribuns assez francs
Pour mettre la patrie au-dessus des tyrans,
Qui donnent pour devise, au drapeau de la France,
« Respect aux nations ! honneur indépendance ! »
Et qui mourraient pour elle au milieu du forum,
En serrant sur leur cœur le pieux *Labarum*.

Encore quelques jours, et vous pourrez, ô frères,
Vous réjouir au fond de vos froids ossuaires,

Et vous, qui gémissez de vos foyers exclus,
Ilotes et martyrs, vous ne gémirez plus.

AU CITOYEN LEDRU-ROLLIN.

.... Vous avez l'opprobe au front.
Assemblée nationale : Séance du 11 mai 1849.

Oui, tous ils frémissaient dans un honteux silence,
Quand tu leur reprochais leur stupide ignorance,
  Et leur audace, et notre affront !
Oui, tous ils pâlissaient d'horreur et d'épouvante,
Quand, les stygmatisant de ta parole ardente,
  Tu leur jetais *l'opprobe au front* !

Frémissements menteurs ! épouvante factice !
Le corps galvanisé se meut par artifice
  Et retombe en son plat repos :
Tels ces caméléons, ces sanglants parodistes,
Ces affreux baladins, impériaux, carlistes,
  Ou régentistes à propos,

Républicains éclos au soleil de la crainte,
Dont l'ordre est le néant, la liberté, contrainte,
  Et la famille un coffre-fort,
Pâles et repentant d'un moment de colère,
A genoux, et tremblant devant le ministère,
  Se sont *déjugés* sans effort,

    E. BECQUERELLE
10 Mai 1849.

ERRATA A LA 9me SATIRE.

Page 2 : Vers 5. En vain *Ledru-Rollin*, tonnant à la tribune.
Page 3 : Après le 4e vers, deux vers passés.
Et, tremblant aux appels des peuples révoltés,
Tourne en vain vers le czar ses regards attristés.
Page 4 : Vers 25. En vain pour *secouer* l'esclavage odieux.

Amiens.—typographie d'Alfred CARON.

SATIRES RÉPUBLICAINES.

11e. SATIRE.

COUP D'OEIL RÉTROSPECTIF.

Les affaires du peuple vont bien ;
La bourse a baissé aujourd'hui de 7 fr.
Le vrai républicain.
22 mai 1849.

En ces jours solennels de sanglante défaite
Où la France courbait sa glorieuse tête,
Quand retentit ce bruit gros d'alarme et de deuil :
« A Waterloo la France a creusé son cercueil : ! »
D'infâmes loups-cerviers le troupeau mercantile
De la bourse inondait le sombre péristyle,
Et pour mieux célébrer un triomphe maudit,
En relevant la rente, assurait son crédit.

Tels ils étaient, tels sont nos banquiers moralistes ;
Le pays n'est qu'un mot pour ces froids égoïstes.
De nos jours, comme au temps de l'heureux Wellington,
Ils volent à la bourse en brillant phaëton

2

Spéculer, à coups sûrs, sur la honte ou la gloire,
Transformer la défaite en pompeuse victoire,
Ou répandre à dessein leurs hypocrites pleurs
Sur des maux inventés, de factices douleurs.

Voyez! les financiers, les vils marchands du temple,
Les gens de l'agio que l'étranger contemple,
D'un triomphe soudain tout-à-coup étonnés,
Du bulletin du jour reculent consternés.
Ils marchaient rayonnants de joie et d'espérance,
Paris s'associait à leur juste vengeance;
La République était absoute *in extremis*
Par le frère Falloux et ses pieux commis;
Les ouvriers clouaient le fauteuil monarchique
Où devait s'étaler le roi de leur fabrique...
Mais de l'urne où ces noms tombaient hier encor,
Ces noms purs que la France inscrit en lettres d'or,
S'élance tout-à-coup, plus forte et plus magique
A leurs regards surpris la jeune République;
Son étendard plus fier dans les airs s'est dressé,
Qu'a fait la rente alors? Oh! *la rente a baissé.*

« Où sont, disaient encor dans leur joie éphémère
» Les réacs égarés pour leur folle colère,
» Où sont, quand retentit le signal du danger,
» Ces grands républicains qui devaient tout changer?
» Ils étouffent au fond des pontons homicides,
» Se consument en vain sur les plages arides
» Que le triste Océan entoure de ses eaux;

» Ceux-ci, réfugiés dans l'antre des journaux,
» Réclamés par la Presse aussi calme qu'honnête
» Devant nos dures lois viendront courber la tête ;
» Ceux-là de la tribune adroitement chassés
» Par nos savants limiers contre les clubs dressés,
» Crèvent dans les cachots de rage et d'impuissance ;
» L'ouvrier, à genoux devant notre clémence,
» Mains jointes, et l'œil morne, et poussé par la faim,
» Maudit la République... et, raisonnable enfin,
» Au joug brisé naguère en sa fureur stérile,
» Au joug mieux retrempé présente un cou docile,
» Et de nouveau contraint à subir notre mors,
» Etouffe sa douleur, et songe aux frères morts ».
Erreur !... Malgré la faim qui l'obsède et le presse,
L'ouvrier, orgueilleux de sa noble détresse,
Fait taire l'estomac, n'écoute que son cœur ;
Cent vingt-cinq mille voix l'ont proclamé vainqueur.
Qu'importe que la faim le serre et le tenaille !
Enfin il a vaincu dans la grande bataille ;
Le réac à ses pieds a roulé terrassé,
La République vit : *mais la rente a baissé.*

Pourquoi ces jours hideux d'horreur et de colère
Où le frère tombait sous la balle du frère ?
Pourquoi Juin couronné d'un nuage de sang ?
L'innocent condamné ? Le coupable innocent ?
Les prisonniers, au fond des sombres Tuileries,
Subissant du vainqueur les aveugles furies ?
Ces roulements affreux, ces lamentables bruits
Réveillant les échos de nos sanglantes nuits ?

Ces cloaques de sang sous les noires arcades
Où la réaction faisait ses mitraillades ?
Pourquoi les délateurs signalant nos maisons ?
Les calomniateurs distillant leurs poisons ?
L'armée, à contre cœur policière et brutale,
De son cercle de fer ceignant la capitale ?
Les pontons et l'exil pour ce troupeau fatal
Que Thémis éloigna d'un geste trop brutal ?
Pourquoi des hommes purs dans ces impurs repaires
Où le forçat sans honte étale ses ulcères ?
Pourquoi des noms sanglants et de glorieux noms
Ensemble réveillant l'écho des cabanons ?
Pourquoi toujours du sang sur la place publique ?
De l'infame échafaud le spectacle cynique ?
Et sur ces cous humains dont chaque fibre bat
Le triangle d'acier qui brille, et qui s'abat ?
Pourquoi ce pilori relevé par la rage,
Que le peuple a couvert de fleurs, sur son passage ?
Pourquoi l'ignoble amende et les cachos obscurs
Pour ces fiers écrivains, ces républicains purs ?
Pourquoi ces vils pamphlets écrits par des infâmes
Encor chauds des baisers de leurs douteuses dames,
Au milieu de l'orgie érigée en festin,
Sur les tables de jeu du tripot clandestin ?
Le peuple dédaigneux se rit de vos colères,
Messieurs les réacteurs, et de vos pamphlétaires ;
Il distingue, docile à la saine raison,
La vitale liqueur du corrosif poison ;
Il écoute la voix de ces penseurs sublimes,
Dont le regard perçant plonge au fond des abîmes
Et sur tous les débris du vieux monde abattu

Voit s'élever un monde où règne la vertu.
Le sang des grands martyrs, en fécondant la terre,
A fait développer un germe salutaire
Dont les fruits immortels, recueillis a propos,
Donneront à nos fils et bonheur et repos.
C'est le socialisme, admirable symbole,
Dans la doctrine sainte illumine et console,
Et donne aux confesseurs de notre liberté
Le mépris de la mort et de l'iniquité.
En vain ils ont crié « Mensonges ! Utopie ! »
Les lâches chevaliers de la Doctrine impie,
De Mathus et de Say les dogmes erronés
Devant nos dogmes saints pâlissent condamnés,
Le monde s'en émeut, ce monde sans entrailles,
Pour qui les malheureux ne sont que des *canailles* ;
Le serpent de la banque en sifflant s'est dressé,
A jeté l'épouvante, et *la rente a baissé*,

Qu'importe ! nos soldats si dévoués, si braves,
Par Bugeaud l'africain transformés en esclaves,
Nos soldats qu'on voulait par un pacte infernal
Eriger en bourreaux d'un sanglant tribunal,
Eriger en archers de la sainte alliance,
Revendiquent l'honneur de soldats de la France.
Ils ont compris que l'ordre et que la liberté
Naissent du vrai courage et de l'égalité ;
Ils ont compris—tremblez et voilez-vous la face,
Comédiens d'honneur, conservateurs de place ! —
Qu'ils peuvent, sans briser d'honorables liens,
Être soldats français et rester citoyens ;
Que de leur sage appoint, de leur libre suffrage,

Naîtra l'indépendance ou le lourd esclavage ;
Que les temps sont passés où de vils généraux
Imposaient aux soldats le rôle de bourreaux ,
Sans pouvoir étouffer la liberté chérie
Pressuraient pour de l'or ou vendaient leur patrie ;
Fils du peuple, ils ont dit au peuple « espère en nous !
« Nous sommes de nos droits aussi fiers que jaloux. »
Ils ont choisi *Rattier, Boichot* et *Commissaire* ;
La torsade le cède au galon prolétaire ,
Ou plutôt , confondus dans la haine des rois ,
Généraux et soldats auront les mêmes droits.
Le paysan , flétri par un trop long servage ,
Se redresse , tout fier d'abjurer l'esclavage ;
Il est las d'écouter les avis imposteurs ,
Les prêtres s'agitant sur leurs trépieds menteurs ,
Le châtelain couvrant de sa haute puissance
Quiconque par besoin vendra sa conscience ,
Le notaire tremblant pour son or, s'empressant
De refermer sa bourse au pauvre mal-pensant ,
Le fermier orgueilleux de sa fortune accrue
Traitant de *partageux* ses valets de charrue,
Et , libre enfin du joug du prêtre et de l'argent ,
Dépose au fond de l'urne un vote intelligent.
Soldats et paysans veulent la République :
Voilà pourquoi la Bourse a subi sa panique ,
Pourquoi des coulissiers le troupeau s'est pressé
De tripoter la route... *et la rente a*

Frères, persévérez ! ô mes frères, courage !
Trompez de vos tyrans la criminelle rage.
De l'honneur incompris laissez les fanfarons,

Laissez du coffre-fort les stupides Barons,
Les jésuites parés du ruban tricolore
Provoquer au combat, eux qui tremblent encore;
Laissez-les ramasser dans la boue et le sang
L'insulte du poltron qu'ils jettent en passant.
Le sang versé dans juin leur remonte au visage,
Laissez-les écumer en prêchant le carnage :
Les vrais conspirateurs, ce sont ces apostats,
Tripotiers de l'honneur sous tous les potentats.
Vous avez protesté, lutteurs socialistes,
Par ces noms immortels qui brillent sur vos listes,
Et vos élus bientôt iront grossir les rangs
De nos fières montagnards, la terreur des tyrans.
Encore quelques jours, et les souverains maîtres
Demasqueront sans peur les fourbes et les traîtres,
Banniront la vengeance aux ulcérants mépris
Et verseront le baume au cœur de nos proscrits !
Encore quelques jours, et notre République,
Sera, comme la loi, vraiment démocratique !

Frères, de vos rivaux l'orgueil est abaissé,
Car la Banque a frémi, car *la rente a baissé.*

Il y a des folies dangéreuses.

Ledru-Rollin
Séance du 23 Mai 1849.

A M. DE FALLOUX.

Vous osez formuler des doctrines rebelles !
Provoquer contre vous l'effroyable concert

De vos amis Molé , Dupin , Montalembert !
Vos discours , ô Falloux, ne sont que des libelles.
Je vous croyais cet art des hommes du milieu ,
De plaire à Belzebute. sans déplaire au bon Dieu.
Vous qui portez si bien le divin scapulaire,
Qui savez, au besoin, doucereux et hagard ;
Au jésuite emprunter son double et faux regard ,
    Rusé Falloux, qu'allez-vous faire?

Vous jetez aux tribuns le surnom d'insulteurs ,
Vous allez soulevant de stridentes colères,
Parcequ'ils ont flétri les gloires mensongères
D'un héros fabuleux qu'encensent ses flatteurs.
Ils ont cité Strabourg, Boulogne, affront livide,
qu'imprima sur son front l'ambition stupide.
Vous plaidez pour ou contre avec sa facilité ,
Du pédant Lorriquet astucieux élève;
Et , quand à vos accents la tempête s'élève;
    Vous relevez le gant jeté.

Quoi ! vous ne voyez pas sous la porte massive,
Fière de ses creneaux , de ses machicoulis
Déroulés sur sa tête en sinueux replis,
Votre héros passer au cri sec du Qui Vive?
Quoi ! vous ne voyez pas sur ces fronts pâlissants
D'un procès solennel les souvenirs récents?
Molé, Thiers et Dupin, —vous le savez, Vicomte.—
Jésuitiques amis que vous estimez fort,
Comme fou furieux l'ont, en dernier ressort,
    Jugé , sans remords et sans honte !

        E. BECQUERELLE
25 *Mai* 1849.

Amiens.—typographie d'Alfred CARON.

SATIRES RÉPUBLICAINES.

12e. SATIRE.

DUPIN.

L'homme absurde est celui qui ne change jamais.
BARTHÉLEMY.—*Némésis.*

Il a fallu revoir sortir de l'urne infecte
Tous ces froids prédicans de la moyenne secte ;
Un Dupin, qui vers nous reporte avec fierté
Son incommensurable impopularité.
Id:

Quel homme ont-ils choisi ? quel nom antiphatique
A surgi tout-à-coup de l'urne politique ?
Synonime d'impur, de lâche publicain,
Ce nom est odieux à tout républicain ;
Ce nom que l'orateur par une adroite feinte
Avait fait rayonner d'une auréole sainte,
Dépouillé maintenant d'un prestige menteur
N'est plus qu'un nom vieilli de pédant orateur,
De courtisan perdu dans un métier infâme,
Ou d'Harpagon blasé qui n'a plus rien de l'âme.
Quittant de son château le séjour pastoral,
Que ne préside-t-il un Conseil général ?
Sa place est à Nevers au milieu de ces sages
Qui boudent un régime éclos de mille orages,
Qui regrettent Philippe et les jours de mépris
Que nous faisaient Guizot et la paix à tout prix.
Sa place est au milieu de ces hardis myopes,
Du monde politique inévitables taupes,

Esclaves du bien-être, électeurs patentés,
Réglant sur leurs besoins nos saintes libertés.
Mais puisque l'orateur que la Nièvre protège
A la chambre nouvelle a reconquis son siège,
Qu'il revient au moral comme au physique laid,
Examinons sa vie, et disons ce qu'il est.

Voyageurs, qui passez dans ces plaines tranquilles
Que la Nièvre nourrit de ses ondes fertiles,
Vous lisez sur un marbre élevé par l'orgueil :
« Ci-gît des trois Dupin la mère : » Plaisant deuil !
Epitaphe de fous ! qui condamne une mère
Dans la tombe, à rougir d'une gloire éphémère,
A supporter le poids d'un honneur mensonger !
Pour illustrer leurs noms et pour les protéger,
Rome n'eût point trouvé de digne récompense.
A Rome les Gracchus ! Les Dupin à la France !
Lorsque l'italien, sous son ciel enchanté,
En rêvant aux Gracchus, rêve de liberté.
Il maudit ses tyrans, bondit et mord sa chaîne ;
Au pied de ses grands monts, dans la poudreuse plaine,
L'Espagnol mendiant, dans son manteau drapé,
De la gloire du Cid se croit enveloppé ;
Au seul nom des Dupin que tant de gloire abrite,
Le cœur de tout Français d'un noble orgueil palpite...

Descendons du nuage où nous étions monté,
Et, plus simple, en un mot, disons la vérité !
Le poëte, ô Dupin, qui dans sa verve heureuse
A résumé si bien ta vie aventureuse,
« L'homme absurde est celui qui ne change jamais »
Connaissait le héros qu'aux lecteurs je promets,
Ecosseur de procès, avocat mercantile,
Oui, tu mérites bien l'épithète d'habile.
Si du palais Séguier nous consultons les murs,
Cherchant ce que tu fis pour les siècles futurs,
Ils répondront : « Dupin, dont la haute éloquence

» Devait faire au barreau la gloire de la France,
» Comme un israélite aux appétits brutaux
» A vendu sa science au plus immonde taux.
» Qu'importe qu'ébloui par des lueurs factices,
» Il rendît un moment de glorieux services !
» Que Brune, Alix et Ney, ces braves généraux,
» Aient par sa grande voix fait pâlir leurs bourreaux !
» Que sa rude franchise en des jours de colères
» Ait fait signer d'horreur ses royaux adversaires !
» Qu'importe que la gloire ait couronné son nom
» Pour avoir arraché le faible au cabanon,
» Pour avoir disputé par un noble artifice
» Une noble existence au fer de la justice !
» Qu'importe que son cœur ait par fois palpité
» Aux noms sacrés—patrie, honneur et liberté !
» Qu'importe qu'égarés par sa menteuse gloire
» Nous l'ayons surnommé Mirabeau du prétoire,
» Et sous des flots épais d'éloges et de fleurs
» Amorti des déboirs les mortelles douleurs !
» Que ses discours brûlants, parés de grâce attique,
» Aient vengé Béranger d'un parquet jésuitique !
» Qu'importe ses combats acharnés, glorieux,
» D'où son nom bien souvent sortit victorieux,
» Si la cupidité qu'enfante la bassesse
» S'attache à son grand nom, sur lui déteint sans cesse !
» Si son ardeur n'est plus qu'un courage emprunté
» Quand la tribune s'ouvre à l'orateur vanté ! »
Car, il faut, ô Dupin, aux siècles où nous sommes
Double courage pour égaler les grands hommes.
Malheur à toi, soldat de la juste Thémis,
Si tu crains le péril aux grands destins promis !
Si, dès les premiers pas dans la noble carrière,
Thersite du palais, tu veux fuir la lumière,
Adorer aujourd'hui ce qu'hier tu brûlais,
Et poursuivre au forum ton rôle du palais.

Tu t'es trompé, Dupin ; fais comme nous, repasse

En silence, tes jours de honte et de disgrâce,
Et s'il te reste encore au cœur un sentiment,
Oui, tu t'inclineras devant mon jugement.
Triste fut ton début : paladin du prétoire,
Tu combats le héros que ramène la gloire.
Lepelletier, tremblant pour notre liberté,
Préfère l'empereur au Bourbon détesté ;
Il veut que l'Assemblée, en sa reconnaissance,
Le décore du nom de sauveur de la France ;
Mais tes yeux pénétrants ont lu dans l'avenir
Que ce nom glorieux devra t'appartenir ; *
Tu refuses..... Bientôt des rives de la Flandre
Un cri de mort sanglant chez nous se fait entendre ;
Le Corse aventureux dans un dernier tournoi
A joué ses hochets d'empereur et de roi ;
Pour de l'or, un soldat, un infâme, Raguse
Livre Paris qui s'ouvre aux maîtres de la ruse ;
Derrière les fourgons les Capets abrités,
Par la grâce divine athlètes brevetés,
Avec le fer brutal du cosaque cynique
Se frayaient un chemin jusqu'à leur Louvre antique ;
Et les Uhlans portaient en croupe, un beau matin,
Le boiteux Talleyrand au palais Florentin ;
Toi, secondant l'ardeur d'une chambre en démence,
Tu votais du géant la prompte déchéance ;
Puis, quand les électeurs, méprisant l'apostat,
En de plus pures mains remettaient leur mandat,
Du siècle tu compris la marche rétrograde,
L'église sous d'Artois changée en corps de garde,
Le confesseur Latil à son gré garottant
Sur un crucifix d'or son royal pénitent,
L'enfant de Loyola par d'adroites manœuvres
Faisant de nos soldats les soldats de ses œuvres.
Tu compris qu'il fallait, pour plaire aux souverains,
Porter le scapulaire et se barder les reins

* A la chambre de 1815, Dupin refusa à Napoléon le titre de
sauveur qu'il réclama pour lui en 1830.

D'un cilice menteur ; pélerin politique,
Tu visites Amiens , la cité jésuitique ;
Tu rencontres—bonheur nullement préparé—
Des fils de St.-Acheul le cortège sacré ;
Ta main, sans que ton cœur te fasse aucun reproche,
Aux cordons de leur dais avec bonheur s'accroche,
Et, des pères cafards flattant la vanité ,
Payant, en avocat , leur hospitalité,
Ta bassese, ô Dupin , sottement les encense !
« Vous les présenterez avec gloire à la France,
» Ces illustres enfants élevés par vos mains,
» Ainsi que Cornélie autrefois aux Romains
» Présentait ses enfants son orgueil, sa richesse ! » *

Fort bien : mais entends-tu les clamours de la presse?
Son fouet, pour mieux punir le traître à son drapeau,
De sa dure lanière a déchiré ta peau,
En vain tu recourus au ton déclamatoire
Qui fit, la presse aidant, ta fortune au prétoire ;
En vain par d'Orléans au forum reporté ,
Menteur , tu grimaças des airs de liberté ;
Ton rôle était joué d'histrion politique ,
Le blanc avait déteint sur ton frac jésuitique,
Et mieux que tes amis Villèle et ses soldats
Connaissaient de ton cœur les sordides combats.

Jusqu'ici notre blâme , en poursuivant le traître ,
Sans l'éloge obligé n'a pas voulu paraître ;
Désormais le mépris et l'indignation !
Et guerre au citoyen traître à la nation !
Modeste exécuteur du peuple en sa colère ,
Du vil supplicié courbons la tête altière ,
De Dupin l'histrion , l'Harpagon du procès ,
Dupin , le Tallyerand du prétoire français.

* Paroles textuelles de Dupin au père Loriquet et aux professeurs , dans la classe de rhétorique de St.-Acheul....*Auribus hausi.*

6

Que faisais-tu, bavard aussi lâche qu'habile,
Quand le canon tonnait au Louvre, à la Bastille ?
Quand l'enfant de Paris par son cœur emporté,
Rougissait de son sang les murs de la cité?
Pâle, suant la peur dans ta demeure obscure,
Tu recueillais des voix le terrible murmure.
Si par fois, écoutant des amis généreux,
Tu portais vers leur toit tes pas aventureux,
Basochien retors, trop éloquent Bazile,
Tu glaçais par des mots leur audace fébrile;
Et quand, du journalisme honorés vétérans,
Evariste, Pillet et le jeune Sarrans
Ont imposé silence à ta lâche parole,
Quand Bérard et Périer eurent joué leur role,
Quand Suisses et royaux par la peur balayés
S'enfuirent au galop des coursiers effrayés,
Quand flotta le drapeau du peuple et de la gloire,
Sur les cadavres morts tu vins crier victoire !
Et, volant à Neuilly, moins triste et moins rêveur,
Tu te fis couronner du titre de *sauveur*.

Puis tu nous fis un roi : nouvel escamotage
Digne de ton talent, digne de ton courage !
Après la guerre à mort des fiers gladiateurs,
Les combats simulés des lâches bateleurs.
La charte des Bourbons par toi badigeonnée
Comme un présent fameux aux français fut donnée;
Grâce à ton éloquence, et grâce à ton serment,
Le juge rassuré siège éternellement,
Et la magistrature, en cachette, te vote
Une toge d'honneur, ô prudent patriote !
Le prêtre est oppresseur : de par ta liberté,
Son culte deviendra le culte patenté.
Mais la chambre a besoin de ce nouveau baptême
Qui la relève aux yeux du peuple et d'elle-même,
Tu bondis sur ton banc à cet appel fatal,
Qui chasse du sénat un troupeau trop vénal,

Et, deux fois le sauveur d'un prince, ton idole,
Tu dis avec orgueil : Montons au capitole. *
Procureur général, ministre *in-partibus*,
Obstiné champion du budjet, des abus,
Tu fus, mieux que Guizot, le parrain et le père
De ce juste milieu qui fit notre misère,
Grande escobarderie appliquée à l'état,
Parée aux trois-couleurs d'Orléans l'apostat.
Pour ton orgueil bourgeois qu'est-ce qu'un prolétaire?
Un serf qui doit laisser voter, et lui se taire;
Un serf, à qui sa morgue et ses airs triomphants
Ont mérité ces mots : va nourrir tes enfants ! **
Président d'un sénat complaisamment docile,
Tu portes ! ô Dupin, ce signe indélébile,
Cette tâche de sang qui rejaillit aux fronts,
Des satisfaits d'honneurs et des buveurs d'affronts.
Le sang des polonais, flot qui monte sans cesse ;
Dans tes nuits d'insomnie et t'entoure et te presse.
Magistrat, que fis-tu, quand ton roi détesté
Garottant à son gré l'ordre et la liberté,
Jetait Thémis aux bras des suppôts de police
Et par l'état de siège assurait sa justice ?
Tu courus au château, laissant à tes valets
Le plaisir d'outrager la *loi* dans son palais
Et de justifier, dans leurs phrases brutales,
Un ministère impie et ses cours prévotales.
De Gisquet l'impudent quand les sbires affreux
Etouffaient dans le sang nos refrains chaleureux,
Quand sur le pont d'Arcole ils jouaient, chose infame!
De la Barthélemy l'épouvantable drame,
Que fis-tu? Rien.... Parbleu ! fallait-il tant de bruit

---

* Grâce à Dupin, la magistrature fut déclarée inamovible, la religion catholique religion de l'état, et la chambre qui avait bâclé la charte confirmée dans ses pouvoirs.

** Paroles échappées à l'impudence de Dupin, quand furent demandés, à la chambre, l'abaissement du cens et l'adjonction des capacités.

Parce que la police avait tué dans la nuit?
Parceque des sergents *la pacifique* épée
Dans le sang prolétaire enfin s'était trempée?

Par le roi qu'il a fait Laffitte est méconnu :
Lafayette est chassé par un sot parvenu ;
Par constraste, à Dupin, le sauveur de la France,
Des improstitués la digne présidence !
Qui saura, gourmandant ou flattant tour à tour,
Mieux que lui contenter les pasquins de la cour?
Protéger des partis les diverses bannières?
La Sorbonne aujourd'hui, demain les jésuitières?
Au prince de son choix, à ses enfants nombreux
Voter et revoter des budgets monstrueux?
Et, pour finir enfin de toutes ces souillures,
Exsanguer le pays à force de blessures?
Par le vent des partis un moment emporté,
Par le vent populaire au fauteuil reporté,
Tu reviens, ô Dupin, plus lâche et plus cynique,
Insulter le pays dans sa foi politique,
Dénier la vertu, le courage et l'honneur
Au peuple souverain qui chassa ton seigneur ;
A ses mille baillons que l'usure dévore
Tu reviens, ô Dupin, te cramponner encore,
Pour mieux le souffleter dans son droit méconnu,
Et pour mieux le piller, s'il n'était déjà nu.
De tes iniquités pour combler la mesure,
Pour couronner trente ans d'audace et d'imposture,
Préside ton sénat et de blancs et de bleus,
Janus abâtardis des siècles fabuleux,
Et sois, pour mieux garder le public anathème,
Ce que tu fus toujours, le valet d'un *système !*

E. BECQUERELLE

15 *Juin* 1849.

Amiens.—typographie d'Alfred CARON.

SATIRES RÉPUBLICAINES.

13e. SATIRE.

THIERS.

Il faut qu'au pilori tout coupable pâlisse :
Qui pourrait retarder l'heure de la justice ?
Dieu qui semble épargner les plus grands criminels,
N'a-t-il pas ses desseins cachés, mais éternels ?
Qui pourrait s'opposer à sa toute puissance ?
Plus lent le jugement, plus sûre la vengeance.
Pourrait-il pardonner à ces cœurs ulcérés,
Des misères du peuple à jamais altérés ?
Pourrait-il pardonner à ces froids Salmonées,
Insulteurs obligés des têtes couronnées,
Sur les pavés sanglants dressant le lendemain
Le pouvoir que la veille avait brisé leur main ?
Pourrait-il pardonner à ces hommes cyniques,
Frondeurs désordonnés des croyances publiques,
Jetant la boue au front des riches et des grands,
Puis, au banquet commun quand ils ont pris leurs
Se ravisant enfin, et rétorquant, sans rire, [rangs,]
L'argument ressassé du méchant qui conspire ?
Donc au pilori Thiers, cet ignoble pantin,
Sous les regards du peuple, au soleil du matin

Le voici : c'est l'enfant de ces rives si belles
Où l'esprit se répand en chaudes étincelles ;

1849

C'est le vif provençal dont les discours vantés
Ont flatté tour-à-tour pouvoirs et libertés ;
C'est l'élève parfait d'un ministre hypocrite ;
Problême repoussant, hideux hermaphrodite,
Qui servit Dieu, le diable, et le peuple et les rois,
Joua son dernier rôle en embrassant la croix,
Et, pour mieux se venger d'une ingrate patrie
Au monstre qu'il créa légua son industrie.
Thiers est le digne fils du boiteux Talleyrand ;
Même ruse, si non même esprit. Prends donc rang,
Citoyen Thiers, auprès de ce ministre infâme
Qui vendit pour de l'or son esprit et son âme,
Auprès de ces pantins qui, pendant dix-huit ans,
Ont souillé notre honneur conquis par des géants,
Auprès de ces vendus, esclaves d'un système
Qui mourut, un beau jour, étouffé par lui-même,
Et rougis, foutriquet, sous ce sanglant affront,
Si la rougeur encor peut te monter au front.

Mon fouet némésien en flagellant s'égare,
Et pour frapper plus fort n'en est que plus barbare.
Du sublime Mignet Pylade audacieux,
Thiers pourrait-il avoir l'esprit fallacieux ?
N'a-t-il pas, pour cueillir les palmes du génie,
Ecrit dans le journal nommé la *Calomnie* ? (*)
Est-ce un crime, pour plaire à la future cour
D'avoir plaidé sans cesse et le contre et le pour ?
Pour gagner de l'argent il écrivit l'histoire :
Qui ne met la fortune au-dessus de la gloire ?
Il a bien, il est vrai, spirituel bavard,
Au mépris du bon sens, fait un Dieu du hasard ?
Contre la vérité, sublime de cynisme,
Dressé l'autel brillant du criminel sophisme ?

(* Sous les auspices de Manuel, Thiers fit insérer quelques
articles dans le *Constitutionnel*, dont il devint plus tard ac-
tionnaire.

3

Fadaises!.. faudrait-il lui faire un crime affreux
D'un père débauché , d'un frère malheureux?
A chacun son instinct, voyez-vous bien ; le père
Grâce au bon cœur du fils est mort dans la misère;
Le frère s'est vendu pour de l'or au Bourbon : (*)
De s'en préocupper , ma foi ! Thiers serait bon.
Tout-à-coup de Juillet le beau soleil se lève,
Enfin la France a cru réaliser son rêve ;
Le drapeau tricolore en ses mains a flotté;
Il est comme un affront par Thiers seul rejetté.
Le canon tonne ; il vole, aussi prudent que sage ,
Du frais Montmorency s'endormir sous l'ombrage.
Plus de bruit; il revient auprès des endormeurs
Partager du gâteau les suaves primeurs:
Quoi de mieux ? De Laffitte il adoucit les peines,
Se charge pour de l'or des plus pesantes chaînes;
L'or est le marche-pied qui conduit au pouvoir:
L'or fait les députés— Vive Thiers! quel savoir !—
A cette noble idée, il sourit, se rengorge,
Se pose en possesseur de la *villa Saint-George*,
Et grâce aux beaux écus du beau-père futur,
Vient s'asseoir sur ce banc que convoite Battur.
Donnant, donnant, c'est l'ordre : à Dosne, sa recette.
Quoiqu'on en dise , Thiers saura payer sa dette,
Et la mère et la fille auront trouvé dans lui
L'*ami* le plus sensible et le plus noble appui.
Pouvait-il , après tout , partager sa tendresse
Entre les protecteurs qui donnaient la richesse,
Le pouvoir, les honneurs au jeune historien,
Et ses braves parents qui ne possédaient rien ?
Qu'avait-il donc à faire? Elève de Lafitte,
Immoler son patron à son naissant mérite ,

(*) Par ordonnance du 7 juin 1822 , le roi éleva au grade de sous-lieutenant, M. Thiers, maréchal-des-logis aux chasseurs de l'Allier, en récompense de sa conduite honorable et de son dévouement dans l'*arrestation* du colonel Caron.

Se frayer une route aux faveurs du vieux Roi ,
Créer l'état de siège, ordonnancer l'effroi ,
S'associer Bugeaud l'homme des gloires pures,
Braver avec dédain les cris et les injures.
A ce noble mandat a-t-il donc fait défaut ?
Ibrahim et Narvaez répondront , s'il le faut.
Mais l'honneur, c'est l'argent ; que sont, sans apanage,
Des princes menacés d'un glorieux lignage ?
N'eût été Cormenin , libelliste entêté,
La Chambre aurait voté d'urgence, et revoté.
Qu'au souffle des Tribuns la grande Babylone
Se rallume au désir de renverser un trône,
Qu'opposera Philippe aux civiques efforts?
L'enceinte continue et ses aimables forts.
S'ils n'ont pas — Février ! salut à ta mémoire ! —
D'un peuple révolté foudroyé la victoire ,
C'est que Thiers, ce ministre aussi brave qu'adroit,
De Philippe trompé n'était plus le bras droit ;
C'est que Guizot, l'orgueil enté sur l'impuissance ,
Avait , pour se grandir , rapetissé la France,
Et bravant, comme un sot, le malin foutriquet,
Livré la monarchie aux chances d'un banquet,

Peuple , console-toi ! Pour venger la famille,
Entre tes défenseurs, Thiers par son ardeur brille ;
Trop légitimement il gagna chaque écu
Pour sortir de la lutte impuissant ou vaincu.
Peuple , console-toi ! Pour venger la morale
Que tout républicain flétrit par le scandale ,
Le héros de Grand-Vaux , aux sâles libertés,
Viendra parler décence à tes fils enchantés.
Peuple, console-toi ! Pour fermer tes blessures
Q'aigrissent chaque jour d'infâmes flétrissures ,
N'as-tu pas — Dieu lui fasse oubli de ses péchés ! —
Le héros de Beyrouth et des forts détâchés ?

AUX ROMAINS.

CRI DE GUERRE.

Comme aux champs du Sarmate aux rivages du Tibre,
Fatigué des tyrans, l'homme veut être libre :
Rome veut être encor la Rome des Catons.
Aux cris d'un peuple entier qui veut l'indépendance,
Qui répond par un cri de liberté? la France,
   C'est la France.... Ecoutons.

« En avant? le clairon a semé les alarmes.
» Citoyens et soldats, avançons tous.... Aux armes !
» Le moment est venu de marcher aux combats ,
» D'abattre sous nos pieds le despotisme immonde,
» Et de faire sonner pour les tyrans du monde
   » l'heure de leur trépas.

» Où diriger d'abord nos terribles phalanges ?
» Le monde tout entier veut sortir de ses langes.
» Hélas ! le Polonais nous attendit long-temps ;
» Il tendait une main de ses fers dépouillée :
» Au contact des Baskirs elle reste souillée ;
   Pologne, espère ! attends !

» Et qu'on n'accuse pas notre jeune vaillance !
» La Pologne est au cœur de chaque enfant de France;
» Son nom fait tressaillir ainsi qu'un nom d'amour.
» Ah ! qu'elle ait un soleil digne de son aurore,
» Et gardons cet espoir qu'elle peut être encore
   » Heureuse et libre un jour !

» Mais de la liberté quelle est donc la magie,
» Que tu lèves encor le front , noble Italie,
» Toi, veuve des héros tes soutiens, tes amis !

» Le sang coule à longs flots dans tes cités fumantes;
» Brise, ô sublime sœur, les chaînes infamantes,
     » Malgré tes ennemis.

» La haine des tyrans dans nos viriles âmes
» A de la liberté versé toutes les flammes ;
» Nous voici ! t'apportant nos vœux, nos bras , nos cœurs.
» Des champs Napolitains aux champs de Lombardie,
» O Peuple , pousse un cri — mort à la tyrannie ! —
     « Et tes fils sont vainqueurs.

» O Peuple italien, tu gardes la mémoire
» De ta grandeur passée et de ta vieille gloire ;
» A des crimes nouveaux réserve ton courroux.
» A l'aigle de l'Autriche il faut briser les ailes ;
» Pour les enfants du Nord tes palmes sont trop belles,
     « Ton soleil est trop doux.

» Frappe ces vils suppôts d'un lâche servilisme
» Que Rome dans son sein façonne au fanatisme,
» Ces braves papalins que l'église a bénis ,
» Qui, tout couverts du sang d'une sainte victime ,
» Ne rêvent que pillage, et que meurtre et que crime;
     « Frappe ! qu'ils soient punis !

» Du milieu des combats , du sein des funérailles
» Jette ce cri puissant qui brise les murailles,
» Ce cri de liberté funeste aux potentats !
» Qu'il porte à tes tyrans un conseil salutaire;
» Ou fasse bouillonner le volcan populaire
     « Qui gronde sous leurs pas!

» Et si, n'écoutant pas la voix de la prudence,
» Prince du Vatican que la bassesse encense,
» Tu remettais ton sort à d'injustes retards,

» Songe que cette Rome où ton ombre commande
» Peut devenir encor la Rome libre et grande
« Qui brisait les Césars ! »

AU PAPE.

CRI DE PAIX.

César du Vatican , reviens sur ton vieux trône :
Ta tête est à l'abri sous ta triple couronne ;
Le sang coule , il est vrai , mais pour ta sûreté.
Vois ! les soldats français à leur pacte fidèles
Ont étouffé soudain dans les cités rebelles
Les cris de liberté.

Jouis de ton bonheur , successeur de saint Pierre ,
Rançonne librement la publique misère,
Des monarques puissants c'est le secret divin.
Continue , et du Ciel empruntant le langage,
Pour de l'or prodigué promets nous en partage
Un bonheur pur , sans fin.

Tes sujets un moment que le vertige égare
Courbent docilement leur front sous la tiare,
Et frémissent encor au bruit sourd du canon.
Il fut impur le sang qu'ils versèrent dans Rome :
Quel esclave a le droit de devenir un homme,
De maudire ton nom ?

Ils sont rares encor ces ardents patriotes
Qui voulaient contre contre toi diriger leurs cohortes :
Quel écho répéta leurs cris libérateurs ?
Ont-ils pu réveiller Parthénope endormie ?
Réchauffer du volcan la lave refroidie ,
Et créer des sauveurs ?

8

La liberté chez nous en est à son aurore ;
Et son soleil, Saint Père, est loin, bien loin encore ;
Avant que ses rayons brûlent tes yeux, crois-moi,
Les peuples fatigués par un trop long délire
Des souverains ligués reconnaîtront l'empire
    Et la suprême loi.

A nos hardis débats, vois, l'Europe craintive
Prête à peine en passant une oreille attentive ;
La France n'est plus rien qn'un peuple délaissé,
Que les rois outragés dédaignent dans leur rage,
Et que le réacteur impunément outrage
    Dans son noble passé.

En nous seuls reposait la dernière espérance
De ces sujets trompés qui lassent ta clémence,
Mais leur trop faible appui s'est brisé pour jamais ;
Et l'Italie au cœur encor toute saignante
A de la liberté vu la flamme expirante.....
    Tu peux régner en paix.

E. BECQUERELLE

25 *Juin* 1849.

ERRATA A LA 12me. SATIRE.

Page 3, vers 19.—Amorti des *dégoûts* les mortelles douleurs !
Page 5, vers 9.—Ta *bassesse*, ô Dupin, sottement les encence !

Amiens.—typographie d'Alfred Caron, IMPR.

16

www.ingramcontent.com/pod-product-compliance
Lightning Source LLC
Chambersburg PA
CBHW070838280626
47161CB00015B/1907